Klarant Verlag

Die gebürtige Ostfriesin ***Sina Jorritsma*** aus der Krummhörn studierte in Hamburg Germanistik und Philosophie, bevor sie wieder in ihre Heimat zurückkehrte. Sie veröffentlicht unter Pseudonym, weil sie ihre Umgebung genau beobachtet und Ereignisse aus ihrem Leben in ihre Geschichten einfließen. Das Romaneschreiben ist ihr kleines Geheimnis, das nur wenige Menschen kennen. Bei einer großen Kanne Ostfriesentee mit Sahne und Kluntjes kann sie halbe Nächte durchschreiben, tagsüber hält sie sich mit Joggen fit. Sina Jorritsma lebt mit ihrer Familie in einem kleinen Ort bei Emden.

Sina Jorritsma

Friesentrick

Ostfrieslandkrimi

Klarant Verlag

Klarant Verlag, www.klarant.de – www.ostfrieslandkrimi.de
ISBN: 978-3-96586-408-5
1. Auflage 2021
Umschlagabbildung: Klarant Verlag

Printed in the EU.

Kapitel 1

Es lag Ärger in der Luft, als Kommissarin Mona Sander und ihr Kollege Enno Moll an diesem späten Vormittag Ende Juni das Wachlokal der Borkumer Polizeiwache betraten.

Die beiden Zivilfahnder hatten gerade eine Runde durch das Inselzentrum zwischen Bahnhof und Promenade gedreht. Die Hauptsaison war in vollem Gang, und mit den zahlreichen Touristen und Kurgästen kamen auch Taschendiebe auf die beliebte Nordseeinsel. An diesem Tag hatten die Ermittler allerdings noch keine Verdächtigen entdecken können. Mona und Enno wollten eigentlich nur einen kurzen Zwischenstopp an ihrem Arbeitsplatz einlegen, um die Dienstpost zu sichten. Stattdessen platzten sie in ein Wortgefecht zwischen Polizeimeisterin Grietje Smit und zwei aufgebrachten Personen.

»Und ich erkläre es Ihnen jetzt zum dritten Mal«, sagte die uniformierte Kollegin mit erhobener Stimme. »Wenn Sie Ihren Vermieter nicht erreichen können, ist das keine Angelegenheit für die Polizei!«

Mona trat näher und schaute sich die Melder genauer an. Es handelte sich offenbar um ein Paar mittleren Alters. Die Eheringe an ihren Händen deuteten darauf hin, dass sie verheiratet waren – vermutlich miteinander. Die beiden trugen Freizeitkleidung und hatten große Rollkoffer dabei. Während die Frau eher verzweifelt wirkte, war das Gesicht des Mannes zornesrot. Die Kommissarin konnte sich lebhaft vorstellen, dass Grietje ihn mit ihrer schnippischen Art auf die Palme gebracht hatte. Sie war eigentlich eine gute Polizistin, brachte sich aber durch ihre Frechheit immer wieder selbst in Schwierigkeiten.

»Wenn ich hier mal dazwischengrätschen darf«, begann Mona. Doch der Mann drehte sich zu ihr um und warf ihr einen wütenden Blick zu.

»Nein, das dürfen Sie nicht!«, blaffte er. »Warten Sie gefälligst, bis Sie an der Reihe sind!«

Die Kommissarin trug Jeans, ein Batik-T-Shirt und eine leichte beige Baumwolljacke. Der hochgewachsene und stämmige Oberkommissar hatte ebenfalls Jeans an, außerdem ein Karohemd und eine Jeansjacke. Der aufgebrachte Melder konnte also nicht wissen, dass er es mit Polizeibeamten zu tun hatte.

Mona zeigte ihren Dienstausweis und sagte: »Ich bin Kommissarin Sander, das ist Oberkommissar Moll. Worum geht es denn überhaupt?«

Der Mann wischte sich mit einem Taschentuch den Schweiß von der Stirn. Es war im Frühsommer angenehm warm auf Borkum, so richtig heiß wurde es aufgrund des frischen Windes allerdings nie. Seine Transpiration war vermutlich eher auf den Streit als auf die Außentemperaturen zurückzuführen. Er antwortete: »Mein Name ist Thomas Körner. Meine Frau Sylvia und ich haben ein Ferienhaus gemietet, das wir heute beziehen wollten.«

»Wir sind gerade erst mit der Fähre angekommen«, warf seine Gattin ein.

Körner schickte einen gereizten Blick in ihre Richtung und fuhr fort: »Es war vereinbart, dass wir den Vermieter direkt beim Haus treffen sollten. Wir gingen dorthin, aber es war verschlossen. Niemand öffnete, als wir klingelten und klopften. Daraufhin rief ich den Vermieter auf seinem Handy an. Aber dort erwischte ich nur die Mailbox.«

Mona hakte nach: »Haben Sie keine Festnetznummer?«

Die Körners schüttelten die Köpfe.

»Wo genau befindet sich das Ferienhaus?«, fragte Enno.

Der Urlauber nannte eine Adresse in der Norderreihe. Der Oberkommissar nickte.

»Und wie heißt Ihr Vermieter?«

»Harro Schröder. – Kennen Sie ihn, Herr Moll?«

Mona musterte den Gesichtsausdruck ihres Kollegen. Sie konnte seinen Gemütszustand meist sehr genau an seiner Miene erkennen. Und in diesem Moment zeigte sein rundes glattrasiertes Antlitz so etwas wie Bedauern oder Mitgefühl.

»Nein, der Name sagt mir nichts. Aber das Ferienhaus, von dem Sie sprachen, gehört Freerk Jonte.«

Sylvia Körner erkannte früher als ihr Ehemann, was diese Information zu bedeuten hatte. Sie riss die Augen auf, ihre Stimme zitterte: »Sie meinen – wir sind einem Betrüger auf den Leim gegangen?«

»Noch kennen wir die Fakten nicht«, schränkte Enno ein. »Ich schlage vor, wir gehen gemeinsam in die Norderreihe und machen uns vor Ort ein Bild.«

Mona wunderte sich nicht darüber, dass Enno den Vermieter kannte. Er war auf Borkum geboren und aufgewachsen, hatte auf der Insel auch den größten Teil seines Berufslebens als Polizist verbracht. Sie selbst lebte erst seit ein paar Jahren auf dem Eiland, fühlte sich inzwischen aber auch als Insulanerin.

Die Körners waren einverstanden und verließen gemeinsam mit dem Oberkommissar die Wache. Mona folgte ihnen, wobei sie beim Hinausgehen noch einen Blick über die Schulter auf Grietje warf. Die Polizeimeisterin grinste und hob den Daumen. Sie war offensichtlich froh, die schwierigen »Kunden« losgeworden zu sein. Die Kommissarin konnte nicht verstehen, dass ihre junge Kollegin das Problem nicht erkannt hatte. Grietje war nämlich nicht dumm. Vermutlich hatten die Körners wirklich nur angegeben, ihren Vermieter nicht kontaktieren zu können. Und das war nun wirklich keine Aufgabe für die Polizei. Bei einem gewerbsmäßigen Betrug sah die Sache schon anders aus.

Auf dem kurzen Fußweg zur Norderreihe verwickelte Mona Sylvia Körner in ein Gespräch. »Wo haben Sie das Ferienhaus gebucht?«

»Im Internet, Frau Sander. Es war ein gutes Angebot, weil angeblich die ursprünglichen Mieter wegen Krankheit kurzfristig absagen mussten. Wir hatten schon gar nicht mehr gehofft, noch eine Unterkunft auf Borkum bekommen zu können. Und bei dem niedrigen Preis mussten wir einfach zuschlagen.«

Mona verkniff sich einen Kommentar. Das Ehepaar tat ihr leid. Die Chance, dass sie ihr Geld wiedersehen würden, war verschwindend gering. Die Kommissarin ahnte, auf welchen Trick sie hereingefallen waren. Trotzdem musste sie sich Gewissheit verschaffen: »Haben Sie bereits gezahlt?«

»Ja, das machte Herr Schröder zur Bedingung. Er wollte uns dann direkt nach unserer Ankunft beim Ferienhaus erwarten, um uns den Schlüssel zu übergeben. – Was sollen wir denn jetzt nur tun?«

»Wir werden herausfinden, was geschehen ist«, versprach Mona. »Und falls Sie wirklich betrogen wurden, können Sie natürlich eine Strafanzeige stellen.«

Die Kommissarin war inzwischen fest davon überzeugt, dass sich hier ein Verbrechen ereignet hatte. Wenn das Ferienhaus Freerk Jonte gehörte, hatte Harro Schröder – falls dieser Name überhaupt echt war – gar kein Recht, das Objekt zu vermieten.

Die Ermittler und das Ehepaar erreichten nach wenigen Minuten ihr Ziel und blieben vor dem Gebäude stehen. Es handelte sich um ein kleines und gemütlich aussehendes Friesenhaus aus roten Backsteinen. Zu dem Objekt gehörten ein schmaler, gepflegter Garten sowie ein Carport. Auf Borkum waren viele Straßen für den Durchgangsverkehr gesperrt. Es gab allerdings Touristen, die mit dem eigenen Auto anreisten und es dann während ihres Aufenthalts entweder auf dem großen Parkplatz Am langen Wasser oder direkt bei ihrer Unterkunft stehen ließen. Das Haus machte einen unbewohnten Eindruck. Enno klingelte und wummerte mit seiner großen Faust gegen die Tür.

»Das haben wir schon versucht«, sagte Körner. Er wirkte nun nicht mehr aufgebracht, sondern nur noch niedergeschlagen und enttäuscht. Er und seine Frau hatten sich den Beginn ihres Borkumurlaubs gewiss anders vorgestellt. Der Oberkommissar zog sein Smartphone aus der Jackentasche.

»Rufst du Freerk Jonte an?«, fragte Mona.

Enno nickte und antwortete: »Er sollte zumindest darüber informiert werden, dass jemand unberechtigt sein Haus zur Vermietung anbietet.«

»Wie geht es denn nun weiter?«, wollte Körner von der Kommissarin wissen.

»Sie können mit uns zur Polizeiwache zurückkehren, um eine Strafanzeige wegen Betrugs zu stellen. Diese Masche ist nicht neu, jedes Jahr werden Menschen mit diesem Trick um ihr Geld gebracht.«

»Wie schön!«, höhnte der Urlauber. »Und was unternimmt die Polizei dagegen?«

»Wir klären über diese Machenschaften auf. Allerdings müssen die Kriminellen noch nicht einmal Borkumer Boden betreten, um Sie übers Ohr zu hauen. In der heutigen Zeit können die Täter praktisch überall sitzen. Dadurch werden unsere Ermittlungen nicht gerade erleichtert.«

Körner öffnete den Mund, um etwas zu erwidern. Doch in diesem Moment kam eine Frau auf einem Fahrrad mit Anhänger auf die kleine Gruppe zu. Der Oberkommissar steckte sein Telefon wieder ein und sagte: »Ich kann Freerk momentan nicht erreichen. Aber es sieht ganz danach aus, als ob Juliane hier gleich zum Einsatz kommen will.«

Er deutete auf die Radfahrerin. Sie hatte in ihrem Wägelchen verschiedene Putzutensilien bei sich. Die Reinigungskräfte gehörten zu den unermüdlichen dienstbaren Geistern, von denen die Tourismusmaschine am Laufen gehalten wurde. Wenn Gäste abgereist waren, erschienen sie und brachten die Ferienhäuser und -wohnungen zum Strahlen und Glänzen.

»Moin, Juliane. Sollst du hier heute die Endreinigung vornehmen?«, fragte Enno und zeigte auf das Ferienhaus.

»Moin, Enno. – Ja, und ich hab nicht viel Zeit. Heute Nachmittag sollen schon die neuen Gäste eintreffen. Freerk hat mir den Schlüssel gegeben.«

»Heute Nachmittag?«, echote Körner bitter. »Wir sind schon da!«

Juliane warf ihm einen irritierten Blick zu. Mona erklärte: »Diese Dame wurde vom echten Hausbesitzer mit der Reinigung betraut. Und er hat offenbar das Haus selbst an Personen vermietet, die mit der Nachmittagsfähre eintreffen.«

»Was ist denn hier überhaupt los?«, fragte die Putzfrau, während sie die Kommissare und die Touristen irritiert musterte. Enno klopfte ihr beruhigend auf die Schulter.

»Das war ein Routineeinsatz. Du kannst ruhig mit der Arbeit beginnen, wir stören dich nicht dabei.«

»Gut, ich bin nämlich etwas spät dran.«

Mit diesen Worten schloss Juliane das Haus auf, nahm ihre Sachen aus dem Radanhänger und ging hinein. Körner schickte ihr einen wehmütigen Blick hinterher.

»Und wo sollen meine Frau und ich heute Nacht schlafen? Vielleicht in Ihrer Ausnüchterungszelle?«, fragte er verzagt.

»Das wird nicht nötig sein«, versprach Enno. »Ich tätige ein paar Anrufe, und es wird sich gewiss ein Plätzchen für Sie finden. Wir …«

Ein schriller Schrei schnitt ihm das Wort ab. Juliane hatte ihn ausgestoßen. Mona rannte durch die offen stehende Tür ins Ferienhaus. Sie fand die Reinigungskraft im Wohnzimmer. Dort hatte die Putzfrau soeben eine Leiche entdeckt.

Kapitel 2

Juliane konnte ihren Blick nicht von der Frau mit der blutigen Wunde am Hinterkopf abwenden. Die Reinigungskraft zitterte am ganzen Körper, wahrscheinlich stand sie unter Schock. Sie war fast so blass wie der bewegungslose Leib auf dem Boden.

Für Mona war es nicht der erste leblose Körper, den sie während ihrer Berufstätigkeit bei der Polizei zu sehen bekam. Sie streifte sich reflexartig Latexhandschuhe über, die sie stets bei sich trug.

»Gehen Sie bitte hinaus«, sagte die Kommissarin sanft, aber nachdrücklich. Dann rief sie: »Enno, wir brauchen hier einen Arzt!«

Die Putzfrau folgte der Anweisung. Leicht taumelnd bewegte sie sich Richtung Tür. Mona kniete sich neben die Leiche und tastete nach der Halsschlagader. Ihre Befürchtung bewahrheitete sich. Es war kein Leben mehr in der Person. Die Kommissarin verschaffte sich nun einen schnellen Überblick. Sie musste sich vergewissern, ob nicht noch weitere Menschen anwesend waren. Es war denkbar, dass der Täter sich noch vor Ort befand. Für die Ermittlerin gab es keinen Zweifel daran, dass hier ein Verbrechen stattgefunden haben musste. Sie hatte den Kerzenständer aus Bronze bereits bemerkt. Er war mit Blut befleckt und lag direkt neben dem Opfer.

Mona schaute schnell in alle Zimmer, auch im ersten Stockwerk. Das Ferienhaus war offensichtlich während der vergangenen Tage benutzt worden. Die Betten waren nicht gemacht, in der Spüle stand schmutziges Geschirr. Die Kommissarin konnte auf den ersten Blick keine Einbruchspuren entdecken. Ob es sich bei der Toten um die letzte Mieterin handelte? Diese Frage würde zweifellos der Hausbesitzer beantworten können.

Es war, als ob Mona durch ihre Gedanken Freerk Jontes Erscheinen heraufbeschworen hätte. Jedenfalls hörte sie wenig später eine Männerstimme, die eindeutig Jonte zuzuordnen war. Er sprach so laut, dass die Kommissarin seine Worte verstehen konnte, obwohl die Haustür inzwischen angelehnt war: »Was ist denn hier los, Enno? Wer sind diese Leute? Warum weint Juliane? Und warum lässt du mich nicht in mein eigenes Haus?«

Mona zweifelte nicht daran, dass ihr Kollege die Lage draußen allein bewältigen konnte. Sie und der voluminöse Friese waren ein eingespieltes Team. Die Kommissarin hatte sorgfältig darauf geachtet, nicht unabsichtlich Spuren zu verwischen. Momentan konnte sie nur auf den Mediziner warten, der offiziell die Todesursache feststellen musste. Bis der Arzt eintraf, schaute sie sich den Leichnam genauer an.

Die Tote war schätzungsweise im selben Alter wie Mona, also Anfang dreißig. Im Gegensatz zu der rotblonden Kriminalistin wies ihr schulterlanges Haar die Farbe von Kastanien auf. Bekleidet war die Frau mit einem rot-weiß geringelten T-Shirt sowie einer knielangen Jeansshorts und weißen Tennisschuhen. Ein legeres Outfit, mit dem man auf Borkum im Frühsommer nicht auffiel. Die Armbanduhr, der Armreif und die Ohrclips schätzte Mona als Kaufhausware ein – kein hochkarätiger Schmuck, für den jemand einen Mord begehen würde. Das Opfer lag unmittelbar vor dem elektrischen Kamin, der im Winter vermutlich behagliche Wärme verbreitete. Auf dem Sims stand ein weiterer Kerzenleuchter. Er ähnelte der mutmaßlichen Mordwaffe wie ein Ei dem anderen. In der Jeans-Gesäßtasche fand Mona ein Smartphone. Sie zog es heraus und tat es in einen Beutel für Beweisstücke. Weitere Gegenstände konnte sie bei der Toten nicht entdecken. Wie war der Täter ins Haus gelangt? Wahrscheinlich durch die Tür, denn sämtliche Fenster waren verschlossen. Ob das Opfer ihn gekannt hatte? Es kam nach Monas Erfahrung selten vor, dass eine Einzelperson ein ganzes Ferienhaus mietete, das Platz für vier Urlauber bot. Womöglich hatte es zwischen einem Mieterpaar einen tödlichen Streit gegeben. Das Doppelbett in dem einen Schlafzimmer war offenbar benutzt worden, während die zwei Betten in den übrigen Räumen unberührt waren. Die Kommissarin merkte, dass sie sich in Spekulationen zu verlieren drohte, während sie weiterhin die Leiche betrachtete. Ob sich unter den Fingernägeln der Frau Täter-DNA befand?

Plötzlich hörte sie Stimmengewirr auf der Straße vor dem Haus. Dann wurde die angelehnte Tür aufgestoßen, und Dr. Siemers kam herein. Mona begrüßte den jungen glatzköpfigen Mediziner, der im Borkumer Stadtkrankenhaus arbeitete. Er hatte seine Arzttasche dabei.

»Moin, Herr Doktor. Für die Frau kommt leider jeder Hilfe zu spät.«

Dr. Siemers hatte schon öfter mit Mona zusammengearbeitet. Er kannte die Vorschrift, dass der Tod einer Person offiziell durch einen Mediziner bestätigt werden musste.

»Ich schaue mir das Opfer jetzt näher an, Frau Sander.«

Mit diesen Worten öffnete er seine Tasche. Mona ging hinaus, weil sie nicht im Weg stehen wollte. Hier konnte sie momentan sowieso nichts mehr tun. Die Kommissarin hatte sich nicht getäuscht: Außer Enno, dem Ehepaar Körner und Juliane wartete nun der Ferienhausbesitzer auf der Straße. Freerk Jonte war fast so groß und schwergewichtig wie der Oberkommissar. Mona kannte Jonte nur flüchtig. Daher siezte sie ihn, wie sie es auch mit der Reinigungskraft gehalten hatte. Die Kommissarin war keine Freundin von übertriebener Förmlichkeit. Doch während Enno sein ganzes Leben auf der Insel verbracht hatte und deshalb die meisten Borkumer schon lange kannte, kam Mona sich im Vergleich immer noch wie ein Neuling vor. Außerdem wäre sie nicht auf die Idee gekommen, wesentlich ältere Menschen einfach zu duzen. Und das traf sowohl auf Jonte als auch auf die Reinigungskraft zu.

Die Kommissarin bemerkte, dass alle Augen sich gespannt auf sie richteten. Wahrscheinlich hatte Juliane schon von ihrem Leichenfund berichtet.

»Wir brauchen ein Team der Spurensicherung«, sagte sie zu ihrem Kollegen.

Enno erwiderte: »Ich rufe gleich bei der Kriminaltechnik auf dem Festland an.«

Dann wandte Mona sich an den Vermieter: »Herr Jonte, wie viele Schlüssel gibt es zu dem Ferienhaus?«

Der strohblonde Jonte trug eine dunkle Cordhose und einen blauen Kapuzenpullover, der über seinem mächtigen Bauch spannte. Ihm war anzusehen, dass der Leichenfund in seinem Ferienhaus ihn mächtig geschockt hatte.

Oder er ist ein exzellenter Schauspieler, dachte Mona. Noch wusste sie nicht, was sie von diesem Mann zu halten hatte. Sie sehnte sich danach, endlich mit Enno unter vier Augen sprechen zu können. Momentan konnte sie nicht mehr tun, als so viele Fakten wie möglich zu sammeln.

»Es gibt insgesamt vier Sets«, lautete die Antwort des Vermieters. »Eins behalte ich immer bei mir, eins bekommt Juliane für die Endreinigung. Dann gebe ich den jeweiligen Mietern zwei Schlüsselsets. Oft sind es zwei Paare oder Mann und Frau, die vielleicht auch mal unabhängig voneinander kommen und gehen wollen. Wenn sie abreisen, müssen sie die Schlüssel einfach nur in den Briefkasten werfen.«

Er zeigte auf den grünen Blechkasten, der neben der Tür an der Wand befestigt war.

»Könnten Sie nachschauen?«, bat die Kommissarin. Jonte nickte und öffnete den Kasten. Er war leer.

»Da sind keine Schlüssel«, stellte er überflüssigerweise fest. »Heute Morgen hätten die letzten Mieter abreisen sollen, heute Nachmittag kommen bereits die nächsten. Darum muss Juliane bis Mittag mit der Endreinigung fertig werden.«

»Daraus wird nichts«, sagte Mona. »Das Ferienhaus ist jetzt ein Tatort, der kriminaltechnisch untersucht werden muss. – Kennen Sie diese Frau?«

Während sie fragte, zeigte sie dem Vermieter ein Foto von der Toten. Mona hatte es schnell mit ihrem Smartphone gemacht, bevor der Arzt erschienen war.

Jontes Stimme klang aufgeregt, als er antwortete: »Das ist Frau Ullrichs! Ich habe an sie und ihren Ehemann vermietet, sie wollten heute Morgen abreisen.«

Im Haus befanden sich noch Kleider und andere Utensilien. Für Mona sah es nicht danach aus, als ob der Ehemann Gepäck mitgenommen hätte. Auf jeden Fall befand er sich nicht mehr in der Ferienunterkunft. Die Kommissarin war sicher, an der Hand des Opfers keinen Ehering gesehen zu haben. Das musste allerdings nichts zu bedeuten haben, manche Menschen trugen ihn entweder überhaupt nicht oder an einer Kette um den Hals. Für Mona war der Ehemann in diesem Moment der Hauptverdächtige. Bevor sie auf Jontes Information reagieren konnte, meldete sich Körner zu Wort. Er klang jetzt viel schüchterner als noch kurz zuvor auf der Polizeiwache: »Entschuldigen Sie bitte – das ist ja ein ganz schreckliches Ereignis, aber was soll nun aus meiner Frau und mir werden? Wir wissen noch nicht, wo wir heute Nacht schlafen sollen. Notfalls müssen wir mit der Fähre aufs Festland zurückkehren.«

Der Vermieter wandte sich an das Ehepaar: »Ich habe gerade von Enno gehört, was Ihnen widerfahren ist. Sie haben Glück im Unglück: Gerade vorhin erreichte mich über die Touristinformation eine Last-Minute-Stornierung für eine meiner Ferienwohnungen. Sie ist nicht so geräumig wie das Haus hier, aber Sie könnten noch heute einziehen.«

Die Körners waren sichtbar erleichtert. Mona bat Jonte um die Adresse dieser alternativen Unterkunft. Außerdem ließ sie sich von den Urlaubern ihre Mobilnummern geben. Die Kommissarin hielt die Eheleute nicht für verdächtig, doch der Betrug an ihnen stand möglicherweise im Zusammenhang mit dem Mord. Darum ging sie davon aus, die Körners später noch einmal als Zeugen vernehmen zu müssen.

»Warum hast du den Anruf eigentlich nicht entgegengenommen, als ich dich vorhin erreichen wollte?«, fragte der Oberkommissar den Vermieter. Jonte zuckte mit den Schultern.

»Ich hatte den Klingelton ausgeschaltet. Das sollte man vielleicht mitten in der Saison nicht machen. Aber ich werde irre, wenn alle paar Minuten mein Telefon klingelt.«

Nachdem Mona die Adresse und die Telefonnummern bekommen hatte, trat der Arzt wieder aus dem Haus.

»Die Todesursache dürfte ein massiver Schlag auf den Hinterkopf sein«, sagte er halblaut zu den Ermittlern. Er fuhr fort: »Als Waffe dürfte dieser Kerzenständer gedient haben. Der Todeszeitpunkt liegt zwischen acht und neun Uhr heute Morgen.«

Die Kommissare bedankten sich, und Dr. Siemers verschwand wieder. Enno rief einen Bestatter an, um die Leiche holen und zur Obduktion aufs Festland bringen zu lassen.

»Wie sieht der Ehemann der Toten eigentlich aus?«, wollte Enno vom Vermieter wissen.

»Ullrichs ist etwa eins achtzig groß und schlank. Er hat braunes Haar und einen kurz gestutzten Vollbart«, lautete die Antwort. Der Oberkommissar nickte. Er rief auf der Dienststelle an, informierte den Chef und bat darum, dass die Fähren und der Flugplatz überwacht werden sollten. Außerdem gab er natürlich die Beschreibung des Verdächtigen durch.

Jonte verabschiedete sich, um den Körners ihre neue Ferienunterkunft zu zeigen. Und auch Juliane schien den ersten Schock überwunden zu haben. Sie schwang sich auf ihr Fahrrad, denn die Endreinigung musste erst einmal warten. Nun standen nur noch die Kommissare vor dem Haus.

»Gehen wir hinein, Mona?«

»Ja, wir sollten die Wartezeit nutzen. Vielleicht finden wir schon Hinweise, die uns weiterbringen. Und vier Augen sehen nun einmal mehr als zwei.«

Enno folgte dem Beispiel seiner Kollegin und zog ebenfalls Latexhandschuhe über. Trotz seiner Größe und seines Gewichts bewegte er sich so leichtfüßig wie ein Balletttänzer, wenn er einen Tatort betrat. Jeder unbedachte Schritt konnte Spuren vernichten, dieser Tatsache war sich der erfahrene Kriminalist vollkommen bewusst.

Nach Monas Einschätzung war das Ferienhaus erst vor wenigen Jahren renoviert worden. Die hellen Holzmöbel und die weiße Tapete vermittelten einen einladenden und freundlichen Eindruck. Die Wände waren mit großformatigen gerahmten Fotos geschmückt, die Strandszenen und Segelboote auf offener See zeigten. Es roch nach Kaffee. Der Oberkommissar ging zur offenen Küche hinüber und betrachtete das benutzte Geschirr. Er klang nachdenklich: »Hier sind zwei benutzte Frühstücksbrettchen und zwei Becher. In der Kaffeemaschine steckt ein gebrauchter Filter. Er ist noch feucht, war also heute Morgen im Einsatz. Sollten Mörder und Opfer friedlich zusammen gefrühstückt haben, bevor sich die Tat ereignet hat?«

»Dann hältst du also auch den Ehemann für den Mörder, Enno?«

»Bisher haben wir keinen anderen Verdächtigen, oder? Ullrichs hat die Schlüssel nicht in den Briefkasten geworfen und ist spurlos verschwunden.«

Mona ergänzte: »Sein Gepäck hat er nicht mitgenommen, jedenfalls habe ich im Schlafzimmer einiges an Männerkleidung gesehen, außerdem befinden sich im Bad zwei komplett unterschiedliche Körperpflegesets, inklusive einem Herren-Barttrimmer sowie einem Trockenrasierer für weibliche Beinbehaarung.«

Der Oberkommissar schaute sich weiter in der Küche um. Er dachte laut nach: »Also haben wir es mit einem Beziehungsstreit zu tun, der tödlich endete? Ja, das wäre möglich. Als der Ehemann begriff, was er getan hatte, rannte er panisch davon. Womöglich haben die Nachbarn ihn bemerkt, wir müssen uns nachher in der Umgebung umhören.«

»Ja, auf den ersten Blick scheint das ein klarer Fall zu sein, mein Lieber. Ich frage mich nur, ob es einen Zusammenhang zwischen dem Ferienhausbetrug und dem Mord gibt.«

»Glaubst du, dass das Ehepaar Ullrichs unter falschem Namen die Unterkunft noch einmal im Internet angeboten hat?«, wollte Enno wissen.

Mona hob die Schultern und antwortete: »Das wäre zumindest denkbar, oder? Sie konnten jede Menge schöner Fotos von diesem tollen Ferienhaus machen und online eine Annonce schalten. Wenn dann jemand so unvorsichtig war, das Objekt schon vorab zu bezahlen, klingelte bei ihnen die Kasse.«

Enno ergänzte: »Es würde mich nicht wundern, wenn sie mittels Identitätsdiebstahl ein Konto bei einer Onlinebank eröffnet und inzwischen wieder abgeräumt haben. Das scheint ja in solchen Fällen üblich zu sein, wenn ich mich richtig an die letzte Information vom Landeskriminalamt erinnere. Womöglich sind sie mit der Masche schon länger unterwegs.«

Die Kommissarin nickte. Sie holte das Smartphone der Toten aus dem Beutel und schaltete es ein. Mona sagte: »Vielleicht finden wir im Speicher Hinweise … ja, das Gerät ist natürlich vor unbefugtem Zugriff geschützt, und zwar durch Fingerabdruck.«

Mona beugte sich über die Leiche und drückte das Identifizierungsfeld des Smartphones vorsichtig gegen den rechten Zeigefinger der Toten. Beim zweiten Versuch wurde die Sperre aufgehoben. Es kam selten vor, dass so wenig Zeit zwischen der Tat und dem Beginn der Strafverfolgung verstrichen war wie in diesem Fall. Die Ermittlerin wollte die frischen Spuren keineswegs kalt werden lassen. Schon der erste Blick in die Dateien hielt eine Überraschung bereit: »Enno, die Tote heißt gar nicht Ullrichs!«

Der Oberkommissar warf seiner Kollegin einen überrascht wirkenden Blick zu.

»Aber es handelt sich um ihr Telefon, Mona?«

Die Kommissarin ließ sich einen Moment lang Zeit mit ihrer Antwort. Dann sagte sie: »Wie man es nimmt. Es scheint sich wirklich um das Smartphone der Toten zu handeln, zumindest finde ich hier viele Fotos von ihr. Doch ihr Name lautet offenbar nicht Ullrichs, sondern Nina Tresser. Wobei wir natürlich nicht wissen, ob es sich dabei um eine Tarnexistenz handelt.«

Enno hob seine buschigen Augenbrauen. Er kam zu der Kommissarin hinüber, die sich immer noch in der Nähe des Leichnams befand. Dann bückte sich der Zwei-Meter-Mann, um der nicht gerade hochgewachsenen Kollegin über die Schulter blicken zu können.

»Ah, du hast ihr Mailkonto aufgerufen. Und der Account läuft auf den Namen Nina Tresser, wie ich sehe. Wir sollten später überprüfen, ob eine Person mit diesem Namen wirklich existiert.«

»Du sagst es, mein Bester. Wenn wir das wissen, sind wir schlauer. – Das hier ist jedenfalls interessant. Schau dir diesen regen Mailkontakt zu *Krass Kamel* an.«

»Wer oder was ist denn Krass Kamel, um Gottes willen?«, fragte der ostfriesische Ermittler.

»Das ist eine Internet-Plattform, die sich auf möglichst sensationelle Skandalgeschichten spezialisiert hat«, erklärte Mona. »Manchmal produzieren diese Leute heiße Luft und haben sich deshalb auch schon juristischen Ärger eingehandelt. Aber oftmals liegen sie mit ihren Enthüllungen richtig und konnten Beweise verschaffen, die zu Verhaftungen und Verurteilungen geführt haben. – Hier, ich hab die App sogar auf meinem eigenen Handy!«

Sie holte ihr Telefon hervor und zeigte einen Button, auf dem ein Kamel mit rotierenden roten Augen zu sehen war.

»Ich werde wohl wirklich zu alt«, murmelte der Oberkommissar.

Mona lachte und kniff ihm spielerisch in die Wange. Sie sagte: »Unsinn, du wirst immer besser. Und um die neuesten Modetrends mitzukriegen, hast du ja mich.«

»Das ist ein tröstlicher Gedanke«, gab Enno schmunzelnd zurück.

Die Kommissarin wollte unbedingt erfahren, was es mit der Verbindung zwischen Nina Tresser und der Enthüllungsplattform auf sich hatte. Sie öffnete eine Mail, die ungefähr drei Monate alt war.

»Ich habe meine Brille nicht dabei«, stellte Enno fest.

Sie erwiderte: »Das macht nichts, ich lese dir vor: ›Hallo Nina, deine Idee mit der Betrügerbande gefällt mir. Werden wirklich jedes Jahr so viele Leute bei der Ferienhausvermietung übers Ohr gehauen? Willst du zum Schein auf diese Machenschaften hereinfallen oder wie stellst du dir die Recherche vor?‹ – Die Antwort hat ein gewisser Marcel Drechsler geschrieben, der muss wohl so eine Art Boss bei Krass Kamel sein. Jedenfalls ist mir der Name schon öfter untergekommen.«

»Und wie hat Nina auf seine Frage reagiert, Mona?«

»Warte mal … sie redete ein wenig um den heißen Brei herum. Sie vermutete angeblich eine prominente Persönlichkeit hinter den Betrügereien, wollte den Namen aber noch nicht preisgeben.«

»Möglicherweise war das nur ein Trick, um diesem Marcel Drechsler Geld für die Recherche aus dem Kreuz zu leiern«, gab Enno zu bedenken. »Oder arbeitet Krass Kamel für Gotteslohn?«

»Ganz bestimmt nicht. Die Plattform ist mit Werbung vollgeknallt, das Ding ist wahrscheinlich eine Goldgrube.«

Der Oberkommissar richtete sich auf und massierte seine Bandscheibengegend.

»Ich will der Frau nicht unterstellen, dass sie es gar nicht auf die Betrüger abgesehen hatte, Mona. Die Geschichte mit der prominenten Persönlichkeit kommt mir allerdings spanisch vor. – Sie und ihr Partner haben sich offenbar unter falschem Namen bei Freerk Jonte eingemietet. Wollten sie wirklich nur den Verbrechern auf die Spur kommen oder führten sie selbst etwas anderes im Schild?«

Die Kommissarin musste sich eingestehen, dass sie selbst noch nicht auf diesen Gedanken gekommen war. Enno hatte recht – wer die Ferienhausbetrüger entlarven wollte, musste im Internet nach ihnen jagen. Diese Kriminellen setzten meist selbst niemals einen Fuß auf Borkumer Boden, das hatten die Kommissare bereits aus einem Rundschreiben des Landeskriminalamtes erfahren.

»Vielleicht hat Nina den Leuten bei Krass Kamel ja verraten, wie der echte Name ihres Begleiters lautet«, meinte Mona. Sie fuhr fort: »Natürlich ist es auch möglich, dass er wirklich Ullrichs heißt. Nur weil Nina eine falsche Identität genannt hat, muss das ja nicht auch auf ihn zutreffen.«

»Ich möchte jetzt gern erfahren, ob die Frau wirklich Nina Tresser heißt.«

Mit diesen Worten griff Enno zum Funkgerät. Er bat Grietje, in den Einwohnermelderegistern nach dem Namen Ausschau zu halten. Außerdem nannte er das ungefähre Alter der Person.

Es dauerte nicht lange, bis die Polizeimeisterin ein Ergebnis vorweisen konnte: »Es gibt in Deutschland einige Nina Tressers. Vom Alter her käme am ehesten eine Frau infrage, die eine Meldeadresse in Bremen hat.«

Der Ostfriese bedankte sich bei der jungen Kollegin und beendete den Funkkontakt. Mona hatte währenddessen mit ihrem Smartphone diverse soziale Medien durchforstet. Sie stellte fest: »Das muss sie sein, Enno. Hier habe ich Nina Tressers Profil, komplett mit zahlreichen Fotos, die unser Mordopfer zeigen. Und als Wohnort gibt sie Bremen an – ganz abgesehen davon, dass zahlreiche Bilder in der Stadt an der Weser entstanden sind.«

Nach dieser Vergewisserung konzentrierten die Ermittler sich darauf, nach verdächtigen Indizien Ausschau zu halten. Weder Mona noch Enno zweifelten daran, dass der Kerzenständer die Mordwaffe war. Falls der Täter in seiner Panik nicht die Fingerabdrücke entfernt hatte, würde man ihn auf diese Weise leicht überführen können.

»Ich finde es interessant, was wir hier *nicht* finden«, sagte die Kommissarin, nachdem sie und ihr Kollege sich einen Überblick verschafft hatten.

»Woran denkst du, Mona?«

»Wenn Nina wirklich eine Enthüllungsstory schreiben wollte – warum hatte sie dann kein Notebook oder einen Tablet-PC in ihrem Gepäck? Ich habe so ein Gerät nirgendwo finden können. Erst dachte ich, dass der Verdächtige den Laptop mitgenommen hätte. Aber hier gibt es ja noch nicht einmal ein Stromanschlusskabel.«

»Vielleicht hat er das ebenfalls eingesteckt«, schlug Enno vor. Seine Kollegin schüttelte den Kopf.

»Diese Variante finde ich ehrlich gesagt unwahrscheinlich. Er flieht in Panik aus dem Haus, lässt alles stehen und liegen, nimmt aber ausgerechnet das Notebook mit? – Gut, vielleicht befindet sich auf der Festplatte höchst brisantes Material. Das wäre denkbar. Es kommt mir so vor, als ob wir momentan einfach nur im Nebel stochern.«

Wenig später erschienen die Bestatter, um den Körper mitzunehmen und zur Obduktion nach Oldenburg zu schaffen. Nachdem die Männer den Leichnam weggeschafft hatten, verließen auch die Ermittler das Ferienhaus. Enno brachte ein polizeiliches Siegel an der Haustür an. So wurde sichergestellt, dass bis zum Eintreffen der Kriminaltechniker niemand den Tatort betreten konnte.

»Wir sollten uns aufteilen«, schlug Mona vor. »Ich horche die Nachbarn auf der gegenüberliegenden Straßenseite aus, du nimmst dir die Leute links und rechts vom Ferienhaus zur Brust, einverstanden? Dann treffen wir uns unten an der Kirchstraße wieder.«

»Sehr gut. Und danach haben wir uns das Mittagessen redlich verdient«, erwiderte Enno.

Die Kommissarin lachte und klopfte ihm auf die Schulter. Sie sagte: »Wir verstehen uns. Also, bis später!«

In der Norderreihe gab es mehrere kleine Pensionen, aber auch Wohnhäuser von alteingesessenen Borkumern sowie einige Urlaubsunterkünfte. Die Ferienhäuser waren leicht daran zu erkennen, dass sie meist ein Schild mit der Aufschrift FERIENHAUS im Fenster hängen hatten. Darunter stand entweder FREI oder BELEGT. Momentan schienen allerdings sämtliche Objekte ausgebucht zu sein. Doch Mona läutete auch an den Türen der vermieteten Ferienhäuser vergeblich. Am späten Vormittag hatten die Touristen ihr Frühstück offenbar schon beendet und waren zum Strand gepilgert oder unternahmen eine Radtour durch die abwechslungsreiche Insellandschaft. Bei diesen möglichen Zeugen würde die Kommissarin später noch einmal ihr Glück versuchen müssen. Nachdem sie mehrere Häuser vergeblich abgeklappert hatte, klingelte sie an einer Tür mit dem Namensschild Bassens. Wenig später wurde ihr von einer kleinen Frau mit grauer Dauerwelle und einer Perlon-Kittelschürze geöffnet. Mona schätzte das Alter der Hausbewohnerin auf Mitte siebzig.

»Ja, bitte?«

»Moin, ich bin Kommissarin Sander von der Polizei Borkum. In dem Haus dort hinten hat sich vermutlich ein Verbrechen ereignet. Ist Ihnen in letzter Zeit etwas Ungewöhnliches aufgefallen?«

Mit diesen Worten deutete die Ermittlerin auf das Ferienhaus, aus dem die Leiche abtransportiert worden war. Die ältere Dame beugte sich vor. Sie wollte offenbar genau sehen, von welchem Gebäude die Rede war. Als sie es erkannt hatte, schlug sie sich die flache Hand vor den Mund. Sie schwankte, offenbar machte ihr der Kreislauf Schwierigkeiten.

»Geht es Ihnen nicht gut?«, fragte Mona besorgt.

Die Antwort lautete: »Nein, ich … vielleicht hab ich Schuld, wenn dort etwas passiert ist!«

Kapitel 3

Die Dame hieß mit vollem Namen Margarethe Bassens. Diese Information konnte Mona ihr entlocken, nachdem sie sich selbst ins Haus eingeladen hatte. Es schien der Kommissarin nicht sinnvoll zu sein, mit Frau Bassens weiterhin im Stehen an der Tür zu sprechen. Es sah wirklich danach aus, dass die Seniorin jeden Moment umkippen könnte. Mona führte sie in ihre penibel aufgeräumte Küche. In einer Ecke befand sich ein Hundekörbchen, in dem ein Dackel lag. Er hob den Kopf, gähnte ungeniert und schaute Mona mit seinen dunklen Augen neugierig an.

Die Kommissarin zwinkerte dem Hund zu und sagte: »Nehmen Sie bitte Platz, Frau Bassens. Soll ich Ihnen einen Tee kochen?«

»Ehrlich gesagt könnte ich jetzt einen Klaren besser vertragen. – Die Flasche steht im Kühlschrank.«

Die Kommissarin drehte sich um, holte den Weizenkorn sowie ein Schnapsglas, das sie für die ältere Frau füllte. Margarethe Bassens kippte die Spirituose mit einem Zug herunter. Als sie wieder den Mund öffnete, lächelte sie entschuldigend: »Danke, das habe ich jetzt gebraucht. Sie dürfen mich nicht für eine Schnapsdrossel halten, Frau Kommissarin. Aber ich komme mir so furchtbar schuldig vor – warum habe ich nicht sofort die Polizei verständigt? Kann ich Ihnen etwas anbieten? Alkohol dürfen Sie ja im Dienst bestimmt nicht trinken, aber ich habe auch Sprudel …«

Frau Bassens wollte aufstehen, aber Mona drückte sie sanft wieder auf die Sitzbank zurück.

»Ich brauche nichts, vielen Dank. Es wäre gut, wenn Sie mir einfach erzählen, was Sie beobachtet oder gehört haben.«

Da die Zeugin Alkohol getrunken hatte, konnte die Kommissarin ihre Angaben momentan nicht offiziell verwerten. Doch es kam ihr darauf an, sich einen allgemeinen Eindruck zu verschaffen. Falls Frau Bassens wichtige Informationen beisteuern konnte, musste sie ohnehin noch einmal für eine offizielle Aussage auf die Dienststelle vorgeladen werden.

Die Frau holte tief Luft und begann: »Gestern Abend bin ich mit Fritz gegen Mitternacht noch einmal Gassi gegangen. In meinem Alter braucht man nicht mehr so viel Schlaf. Jedenfalls ging ich in Richtung Kirchstraße, als ich plötzlich einen lauten Streit in dem Ferienhaus hörte.«

Mona horchte auf.
»Sie sind sicher, dass die Geräusche aus *diesem* Haus kamen?«
»Ja, Frau Sander. Ich wohne schon mein Leben lang in der Norderreihe, diese Straße ist ein Teil von mir. Ich kenne hier jeden Pflasterstein und jede Blume in den Vorgärten.«
»Ich verstehe. Konnten Sie hören, worum es bei dem Streit ging?«
»Der Mann schrie mehrfach, dass er sich nicht ruinieren lassen wolle.«
Die Ermittlerin hakte nach: »Wie viele Personen waren denn an der Auseinandersetzung beteiligt?«
»Ein Mann und eine Frau. Vielleicht sind noch andere Leute dort gewesen, Jonte kann ja dieses Haus an maximal vier Urlauber vermieten. Aber ich habe nur zwei Stimmen gehört.«
»Wie hat die Frau reagiert?«
»Sie hat gesagt, dass er sich dann die Folgen selbst zuzuschreiben hätte«, erwiderte Margarethe Bassens. Mona hatte bereits ihr Notizbuch hervorgeholt und schrieb mit.
»Und das war um Mitternacht, sagten Sie?«
»Ja, es muss schon Viertel nach zwölf gewesen sein. Ich hätte die Polizei rufen sollen, oder? Aber in jeder Ehe gibt es doch mal Krach, sagte ich mir. Sogar mit meinem Onno habe ich mich ab und zu mal in der Wolle gehabt, als er noch nicht von uns gegangen war.«
Die Kommissarin nickte. Sie hatte an Margarethe Bassens' Hand zwei Eheringe bemerkt, wie man es bei älteren Witwen öfter sehen konnte. Die Zeugin fuhr fort: »Ich ging dann bis zum Inselbahnhof, wo Fritz am Georg-Schütte-Platz sein Geschäft verrichtet hat. Dann sind wir zurückgekehrt. Und als wir noch einmal an dem Ferienhaus vorbeikamen, war es dort ganz still. Ich dachte mir, dass die beiden sich versöhnt hatten.«
»Wie spät war es zu diesem Zeitpunkt? Halb eins?«
»Ja, das kommt ungefähr hin, Frau Sander. Es ist ja wirklich nicht weit bis zum Bahnhof.«
Mona überlegte. Laut erster Einschätzung des Arztes war das Opfer zwischen acht und neun Uhr morgens getötet worden. Selbst wenn diese Angabe durch die Obduktion noch korrigiert würde – ein erfahrener Mediziner wie Dr. Siemers würde nicht um mehrere Stunden danebenliegen. Die Ermittlerin erhob sich von ihrem Stuhl und legte beruhigend eine Hand auf die schmale Schulter der älteren Frau.

»Sie sollten sich keine Vorwürfe machen, Frau Bassens. Man kann nicht hinter jedem lautstarken Streit gleich ein Verbrechen vermuten. Haben Sie die Mieter aus dem Ferienhaus vor oder nach dieser Auseinandersetzung noch zu Gesicht bekommen?«

»Das weiß ich nicht«, antwortete die Nachbarin. »Vor ungefähr zwei Wochen habe ich ein Paar aus dem Ferienhaus kommen sehen. Aber ich kann Ihnen natürlich nicht sagen, ob es die Leute waren, die in der Nacht diesen Zwist hatten.«

Mona würde nur den Vermieter fragen müssen, wie lange das angebliche Paar Ullrichs die Unterkunft gebucht hatte.

»Sie waren mir eine große Hilfe«, sagte sie und meinte es auch so. Sie fuhr fort: »Könnten Sie bitte morgen zur Wache kommen und Ihre Aussage schriftlich zu Protokoll geben? Jetzt lasse ich Sie erst einmal in Ruhe.«

»Ja, das mache ich. – Meinen Sie wirklich, dass ich nichts hätte tun können?«

»Sie trifft keine Schuld.«

Mit diesen Worten verabschiedete sich die Kommissarin und verließ das kleine Friesenhaus. Nachdenklich schlenderte sie zum nächsten Nachbarn hinüber, wo sie wieder niemanden antraf. Aus dem Augenwinkel beobachtete sie ihren Kollegen, der anscheinend auch nicht viel mehr Glück bei der Zeugensuche hatte als sie selbst. Es dauerte nicht lange, bis die beiden sich am unteren Ende der Straße trafen.

»Wie war deine Ausbeute, Enno?«

»Mau ist wohl der passende Ausdruck. Ich habe nur eine verwertbare Aussage aufnehmen können.«

»Das war bei mir genauso. – Lass uns zum *Knurrhahn* gehen, dann können wir uns gegenseitig auf den neuesten Stand bringen.«

Die Kommissare schlenderten am Inselbahnhof vorbei zur Franz-Habich-Straße, wo sich der beliebte Fischimbiss befand. Zahlreiche Touristen bevölkerten die Fußgängerzone. Der Bereich zwischen dem Neuen Leuchtturm und der Promenade war zumindest tagsüber sehr gut besucht, was für die Hauptsaison doppelt und dreifach galt. Trotzdem gelang es den Ermittlern, in ihrem Stamm-Mittagslokal noch einen freien Stehtisch zu ergattern. Mona wählte wie üblich den Neptunsalat, während Enno dem Seelachsfilet mit Kartoffelsalat eine Chance gab. Während sie auf das Essen warteten, tranken sie alkoholfreies Bier. Der wuchtige Ostfriese nahm einen Schluck von seinem Gerstensaft und fragte: »Welchen Nachbarn hast du denn angetroffen?«

»Die Dame heißt Margarethe Bassens.«

»Ich kenne die Witwe. Sie stammt aus Westfalen, daher ihr nicht sehr friesischer Vorname. Margarethe ist der Liebe wegen nach Borkum gekommen. Ihr Ehemann starb vor fünf Jahren. Sie ist eine ehrliche Haut. Ich würde sie als glaubwürdige Zeugin einschätzen.«

Mona nickte und berichtete in Kurzfassung, was sie von der älteren Frau erfahren hatte. Ihr Kollege legte nachdenklich die Stirn in Falten.

»Also haben wir es mit einem Ehestreit zu tun, der aus dem Ruder gelaufen ist?«, dachte er laut nach.

»Momentan deutet alles darauf hin – abgesehen davon, dass Nina Tresser vielleicht nicht verheiratet war. Wir müssten ihre Daten in Bremen noch genauer checken. Ein Beziehungsstreit kann es allemal gewesen sein. Ob die beiden einen Trauschein besessen haben oder nicht, halte ich für zweitrangig. Entscheidend ist, dass von Ullrichs – oder wie immer er auch heißen mag – jede Spur fehlt.«

»Die Kollegen am Fährhafen und am Flugplatz halten die Augen offen«, stellte Enno klar. »Wenn der Verdächtige die Insel verlassen will, erwischen sie ihn.«

»Ich bin nicht so zuversichtlich wie du, mein Bester. Wenn Ullrichs sich beispielsweise seinen Vollbart abrasiert und eine Mütze aufsetzt, ist seine Identifizierung gleich schon viel schwieriger. Möglicherweise ist er schon entkommen, bevor du bei Oltbeck die Überwachung beantragt hast.«

»Wir müssen auf jeden Fall später noch einmal mit Jonte sprechen, Mona. Vielleicht kann er uns weitere Details über seine Mieter nennen, die er vorhin in der Aufregung nicht sofort parat gehabt hat. Außerdem sollten wir abends nach anderen Zeugen in der Nachbarschaft Ausschau halten. – Ich selbst konnte nur mit einem Urlauber aus einem Ferienhaus auf der gegenüberliegenden Straßenseite sprechen. Er ist frühmorgens aufgewacht, weil er Durst hatte. Als er in der Küche stand und ein Glas Wasser trank, sah er eine Person aus dem Haus kommen, in dem der Mord geschah.«

»Um welche Uhrzeit war das?«

»Kurz nach acht.«

»Da ist es schon hell«, stellte Mona fest. Ihr Puls beschleunigte sich. Sie hakte nach: »Konnte dein Zeuge die Gestalt beschreiben?«

»Die Person soll dunkle Kleidung getragen haben und groß gewesen sein.«

»Hatte der Zeuge Tomaten auf den Augen?«, regte die Kommissarin sich auf. Enno lächelte und schüttelte den Kopf.

»Das nicht, aber er ist sehr stark kurzsichtig und hatte seine Brille nicht auf der Nase. Außerdem gab es für ihn keinen Grund, die Person verdächtig zu finden. Er ging davon aus, dass dort gegenüber jemand nur Brötchen für das Frühstück holen wollte.«

»Und was ist mit dem lautstarken Streit, von dem Frau Bassens erzählte?«

»Davon haben weder der Zeuge noch seine Gattin etwas mitbekommen. Allerdings befindet sich ihr Schlafzimmer zur anderen Hausseite hin, und die Fenster sind gut schallisoliert. Deine Zeugin ist ja mit ihrem Hund unmittelbar am Ferienhaus vorbeigegangen, wenn ich dich richtig verstanden habe.«

»Ja, genau. – Vom Zeitablauf her betrachtet könnte dein Zeuge den Mörder gesehen haben.«

»Wir sollten uns nicht zu sehr auf Ullrichs einschießen«, warnte der erfahrene Oberkommissar. »Es wäre auch denkbar, dass eine dritte Person die Frau erschlagen hat. Ullrichs könnte geschlafen haben. Und als er morgens aufsteht, sieht er seine Partnerin in ihrem Blut liegen. Er bekommt Panik und flieht.«

Mona erwiderte: »Einverstanden, aber warum sollte er das tun? Aus welchem Grund ruft er nicht die Polizei oder einen Rettungswagen?«

»Vielleicht aus Angst? Vielleicht war dieses seltsame Pärchen ja wirklich einer Bande von Ferienhausbetrügern auf den Fersen? Ullrichs musste befürchten, dass er der nächste auf der Liste wäre. Also klemmt er sich das Notebook mit dem Beweismaterial unter den Arm und haut ab.«

Die Kommissarin sagte: »Dann bleibt immer noch die Frage, warum er nicht zur Wache gelaufen ist. – Das Landeskriminalamt bündelt doch Erkenntnisse über diese Betrugsmasche, oder? Wir sollten mit den Kollegen Kontakt aufnehmen, möglicherweise haben sie einen heißen Tipp für uns.«

Die beiden widmeten sich nun ihrem leckeren Essen. Mona versuchte, sich in Ullrichs hineinzuversetzen. Was würde sie an seiner Stelle tun, nachdem die erste Panik abgeklungen war? Wäre es klug von dem Verdächtigen, die Insel sofort zu verlassen? Oder versteckte er sich besser, bis ein wenig Gras über die Sache gewachsen war? Aber wo konnte Ullrichs auf einem Eiland mit ausgebuchten Ferienquartieren Unterschlupf finden? Ob es Komplizen gab, auf die er zählen konnte?

Enno ließ sich seinen Fisch schmecken und bedachte seine Kollegin mit einem freundlich-wissenden Blick. Sie musste lachen.

»Du ahnst wahrscheinlich, was gerade in mir vorgeht, oder?«

»Ja, ich denke schon. Du malst dir aus, wo sich Ullrichs verkriechen könnte. Und diese Frage ist wirklich nicht so leicht zu beantworten.«

»Ich werde gleich mal Ninas Smartphone genauer unter die Lupe nehmen«, kündigte die Ermittlerin an. Sie fuhr fort: »Wenn sie diesen Kerl – wie immer er auch heißen mag – als ihren Ehemann ausgegeben hat, muss er ihr nahegestanden haben. Also, ich würde mich nicht mit einem Typen in ein Doppelbett legen, der mir völlig fremd oder unsympathisch ist.«

»Das beruhigt mich ungemein.«

»Du weißt, wie ich das meine, Enno. Wir müssen herausfinden, welche männlichen Personen, auf die Ullrichs' Beschreibung passen könnte, zu dem Opfer eine engere Beziehung hatten.«

Der Oberkommissar hatte seine Mahlzeit beendet und tupfte sich den Mund mit einer Serviette ab.

»Ja, es wartet eine Menge Arbeit auf uns«, stellte er fest. »Und als Erstes müssen wir dem Chef Bericht erstatten. Oltbeck wird nicht gerade begeistert sein.«

Mit dieser Vermutung behielt der Ostfriese recht. Als die beiden wenig später auf den Besucherstühlen im Büro des Dienststellenleiters saßen, hätte sich ihr Vorgesetzter offenbar am liebsten die Haare gerauft. Aber das ging nicht, weil er glatzköpfig war.

»Ein Ehedrama mit tödlichem Ausgang, und das mitten in der Hauptsaison!«, gab Oltbeck stöhnend von sich. »Frau Sander und Herr Moll, Sie müssen den Fall so schnell wie möglich aufklären. Andernfalls setzen wir das Sicherheitsgefühl bei den Besuchern unserer schönen Insel aufs Spiel!«

»Noch steht gar nicht fest, ob der Verdächtige sich weiterhin auf Borkum befindet«, stellte Enno klar. Er fügte hinzu: »Es könnte einen Zusammenhang mit den organisierten Ferienhaus-Betrügereien bestehen.«

Mona ergänzte: »Das Mordopfer wollte offenbar auf eigene Faust diese Machenschaften aufdecken, um die Täter im Internet bloßzustellen. Deshalb sollten wir nicht zwangsläufig von einem

Ehekrach ausgehen, der aus dem Ruder gelaufen ist. – Zumal die beiden Personen in dem Ferienhaus gar nicht miteinander verheiratet waren und zumindest die Frau einen falschen Namen benutzt hat. Da sind noch viele Fragen offen.«

»Dann lösen Sie das Rätsel so schnell wie möglich!«, forderte Oltbeck. »Geben Sie Bescheid, falls Sie weitere Unterstützung benötigen. – Die Kollegen am Flugplatz und am Fährhafen halten weiterhin die Augen nach dem Verdächtigen offen. Bis jetzt konnten sie allerdings noch keine Person überprüfen, die der Beschreibung entspricht.«

Das Täterbild ist ja auch ziemlich vage, dachte Mona. Sie zog es vor, jetzt ihren Mund zu halten. Der Chef war ohnehin schon gereizt, das konnte man seinem Tonfall anhören. Außerdem wollte sie endlich mit den Ermittlungen fortfahren. Daher war die Kommissarin erleichtert, als der Dienststellenleiter die Besprechung beendete.

»Gehen wir nachher noch zu Jonte?«, fragte Mona, als sie wieder am Schreibtisch in ihrem eigenen Büro saß, das sie sich mit Enno teilte.

»Ja, das sollten wir tun. Ich rufe jetzt erst einmal beim Landeskriminalamt an.«

Mit diesen Worten griff der Oberkommissar zum Telefonhörer. Seine Kollegin widmete sich den Daten, die auf dem Smartphone der Toten gespeichert waren. Nina Tresser hatte ihr Telefon sowohl beruflich als auch privat benutzt. Doch – womit hatte die junge Frau sich überhaupt ihre Brötchen verdient? Diese Frage musste zunächst unbeantwortet bleiben. Es gab Fotos, die sie vor dem Hauptgebäude der Bremer Universität zeigten. Das war allerdings noch kein Beweis dafür, dass sie dort einen Abschluss gemacht hatte oder weiterhin studierte. Die Kommissarin scrollte durch das Telefonverzeichnis und entdeckte einen Eintrag mit der Bezeichnung Papa. Nach einem Hinweis auf die Mutter suchte sie vergeblich. Ob sie nicht mehr lebte oder die Eltern geschieden waren, würde sich noch herausfinden lassen. Zu dem Wort Papa gehörte eine Bremer Festnetznummer. Die Ermittlerin rief das Telefonbuch der Hansestadt auf und fand dort einen Hartmut Tresser, dessen Nummer mit jener in dem Smartphone-Verzeichnis identisch war. Daraufhin rief sie im Bremer Polizeipräsidium an, schilderte die Lage und bat darum, dass ein Beamter die Todesnachricht persönlich überbrachte. Sie fügte hinzu:

»Richten Sie Herrn Tresser bitte aus, dass ich ihn später anrufen werde.«

Der Kommissar am anderen Ende der Telefonleitung versprach, sich darum zu kümmern. Mona bedankte sich und beendete das Gespräch. Sie konzentrierte sich zunächst auf Bilder, die Nina Tresser in männlicher Begleitung zeigten. Es gab zwei oder drei Verehrer, zu denen die junge Frau ein engeres Verhältnis gehabt zu haben schien. Zumindest deutete die Körpersprache der Personen auf den Fotos darauf hin. Es gab eine sehr romantisch wirkende Aufnahme, die das spätere Mordopfer mit einem hochgewachsenen jungen Mann zeigte. Die beiden saßen an einem Holztisch unter freiem Himmel an einem Flussufer. Sie schauten einander verliebt in die Augen. Das Bild war offenbar in der warmen Jahreszeit entstanden, jedenfalls trug Nina auf dem Foto Jeansshorts und ein ärmelloses Top, ihr Freund hatte ein T-Shirt und eine knielange Cargohose an. Mona vergrößerte die Aufnahme. Am gegenüberliegenden Ufer des breiten Stroms waren Werftanlagen zu sehen. Sie las den Firmennamen Blom & Voss. Also musste das Foto in Hamburg entstanden sein, denn dort hatte die traditionsreiche Schiffbaufirma ihren Sitz.

Ninas Begleiter war blond und glattrasiert, doch das hatte nichts zu bedeuten. Den Bart konnte er sich wachsen lassen, und die Haarfarbe zu ändern stellte ebenfalls kein Problem dar.

Die Kommissarin schaute sich nun das Telefonverzeichnis genauer an. Nina hatte Hunderte von Namen gespeichert, doch neben dem Vornamen Adrian war ein kleines rotes Herz zu sehen.

Irgendwo muss ich ja mal anfangen, dachte Mona. Sie tippte auf die Mobilfunknummer, und gleich darauf ertönte mehrfach das Freizeichen. Dann meldete sich die Stimme eines jungen Mannes.

»Das gibt es ja nicht! Ich habe heute Morgen noch an dich gedacht, du gehst mir einfach nicht aus dem Kopf, Liebste.«

Seine verliebt klingenden Worte trafen die Ermittlerin wie ein Schlag in die Magengrube. Adrian sah auf seinem Display nur, dass der Anruf von Ninas Handy kam. Er konnte nicht ahnen, dass er mit einer Kriminalkommissarin verbunden war. Mona hatte plötzlich einen dicken Kloß im Hals. Sie musste tief durchatmen, bevor sie reagieren konnte.

»Hier spricht leider nicht Nina. Ich bin Kommissarin Sander von der Polizei Borkum.«

»Was soll das? Willst du mich verschaukeln? Hast du Ninas Telefon geklaut, du Luder?«

Adrian klang nun ärgerlich. Er sprach hochdeutsch, aber mit einem leichten österreichischen Akzent. Im Hintergrund waren Verkehrsgeräusche einer großen Stadt zu hören, die für eine Bewohnerin einer abgelegenen Nordseeinsel sehr fremd klangen.

»Dies ist leider kein Scherzanruf. Wenn Sie mir nicht glauben, dann schlage ich vor, dass Sie die Polizeidienststelle Borkum über Festnetz anrufen und sich mit Kommissarin Sander verbinden lassen.«

Adrian gab ein Wort von sich, das Mona nicht kannte. Sie ging nicht davon aus, dass es eine österreichische Höflichkeitsfloskel war. Dann war die Verbindung unterbrochen. Sie ließ das Smartphone sinken und schaute zu Enno hinüber. Er war offenbar beim Landeskriminalamt an den richtigen Ansprechpartner geraten. Jedenfalls telefonierte er fleißig und machte sich Notizen.

Die Kommissarin wurde von widersprüchlichen Gefühlen geplagt. Einerseits ärgerte sie sich natürlich darüber, dass Adrian sie so rüde hatte auflaufen lassen. Andererseits – der junge Mann schien wirklich etwas für Nina zu empfinden. Als er noch glaubte, sie am Apparat zu haben, klang er freudig überrascht. Er konnte unmöglich wissen, dass die Polizei sich mit dem Smartphone dieser Frau bei ihm melden würde. Außer, wenn er die Tat begangen hätte oder ein Komplize war.

In dem Fall blieb ihm nichts anderes übrig, als den Unwissenden zu spielen. Mona scrollte in dem Telefonverzeichnis weiter herunter, fand allerdings keine weiteren Namen mit Herzchen oder anderen Symbolen. Da klingelte ihr Festnetzapparat. Sie nahm den Hörer ab.

Kapitel 4

»Ich habe hier so einen Ösi namens Adrian Hofer in der Leitung, der unbedingt mit dir sprechen will«, verkündete Grietje.

Es knackte, und gleich darauf war Mona wieder mit dem jungen Mann verbunden. Sie meldete sich mit Namen und Dienstgrad.

Hofer klang nun zerknirscht: »Frau Sander, ich muss mich entschuldigen. Sie haben mich mit Ihrem Anruf völlig überrumpelt. Als ich in meinem Telefon-Display Ninas Namen sah, dachte ich natürlich, dass sie sich bei mir melden würde. Besser gesagt: Ich hoffte es. – Warum haben Sie denn ihr Smartphone, wenn ich fragen darf? Ist Nina etwas zugestoßen?«

Mona verabscheute es, am Telefon eine Todesnachricht überbringen zu müssen. Doch in diesem Fall blieb ihr keine andere Wahl. Sie atmete tief durch, bevor sie antwortete: »Herr Hofer – ich muss Ihnen leider mitteilen, dass Nina Tresser ermordet wurde.«

Einen Moment lang herrschte Stille, wenn man von den Hintergrundgeräuschen absah. Ob Hofer sich in seiner Wohnung befand? Nein, ein Kaffeehaus oder ein anderes Lokal erschien der Kommissarin wahrscheinlicher. Stimmengewirr und Lachen waren zu vernehmen, außerdem weiter entfernter Autoverkehr. Vermutlich saß der junge Mann in einem Straßencafé. Als Hofer wieder das Wort ergriff, zitterte seine Stimme.

»Wie – ist das geschehen?«

»Mein Kollege und ich haben gerade erst die Ermittlungen aufgenommen und sind auf Mithilfe von Zeugen angewiesen. – In welchem Verhältnis standen Sie zu Nina Tresser?«

Hofer lachte – so, als ob Mona unfreiwillig etwas Komisches gesagt hätte. Doch er klang nicht amüsiert. Nun gab er ein Schluchzen von sich. Die Kehle der Kommissarin fühlte sich plötzlich staubtrocken an. Sie konnte es einfach nicht gut ertragen, wenn Männer weinten. In diesem Fall musste sie wenigstens nicht den Anblick aushalten. Sie konnte sich gut vorstellen, dass für Hofer gerade eine Welt zusammenbrach. Natürlich konnte er sie auch an der Nase herumführen, weil er der Mörder war. Aber wenn dieser Mann sich zur Tatzeit auf Borkum befunden hatte, würde sich das herausfinden lassen.

»Wir können später telefonieren, wenn Sie sich dazu momentan nicht in der Lage fühlen, Herr Hofer.«

Der junge Mann putzte sich geräuschvoll die Nase, dann sagte er: »Nein, es geht schon. Ich muss unbedingt erfahren, was geschehen ist.«

»Sagt Ihnen der Name Ullrichs etwas?«

»Nein, Frau Sander. Wer ist das? Hat er Nina auf dem Gewissen?«

Mona ging nicht auf die Fragen ein. Stattdessen sagte sie: »Wir müssen diesen Herrn als Zeugen befragen. Offenbar hat Nina Tresser sich gemeinsam mit einer männlichen Person als Ehepaar Ullrichs ausgegeben und ein Ferienhaus auf Borkum angemietet. Dort wurde sie heute früh ermordet aufgefunden. Ihren Begleiter konnten wir noch nicht finden.«

»Dann suchen Sie ihn gefälligst!«, rief Hofer aufgebracht. »Es ist doch klar, dass er Ninas Leben ausgelöscht hat!«

Mona konnte es nicht ausstehen, wenn jemand ihre berufliche Eignung anzweifelte. Sie hatte Verständnis für seine Trauer, doch sie wollte sich nicht auf der Nase herumtanzen lassen. Sie fauchte: »Besten Dank für die Ferndiagnose! Überlassen Sie die Aufklärung dieses Falls getrost den Leuten, die etwas davon verstehen. Also kennen Sie niemanden, der Ullrichs heißt? Wenn Sie mir wirklich helfen wollen, dann erzählen Sie mir mehr über Nina Tresser. Was für ein Mensch war sie? In welchem Verhältnis standen Sie zu ihr?«

Als Hofer reagierte, klang er deutlich kleinlauter.

»Es tut mir leid, ich wollte … das ist alles so ungewohnt für mich. Ein Jahr lang habe ich nichts von Nina gehört, und nun berichten Sie mir plötzlich von ihrem gewaltsamen Tod.«

Mona horchte auf.

»Sie können sicher sein, dass wir alles tun, um den Täter zu fassen. – Also standen Sie nicht in ständigem Kontakt mit Nina Tresser?«

»Nein, sie war ein Freigeist. Man durfte sie nicht einengen, dann wäre sie eingegangen wie eine Pflanze, die nicht gegossen wird.«

Sobald Hofer über diese Frau sprach, nahm seine Stimme einen warmen und schwärmerischen Klang an. Sie muss ihm wirklich viel bedeutet haben, dachte Mona. Sie fragte: »Wo und wann haben Sie Nina kennengelernt?«

»Das war im vorigen Sommer, in Hamburg. Ich studiere in Wien Wirtschaftswissenschaften und machte ein Auslandspraktikum bei einer Hamburger Spedition. Nina lernte ich in einer Disco auf St. Pauli kennen.«

»Studierte sie ebenfalls?«

»Nein, Frau Sander. Sie hat es wohl mal ein paar Semester an der Uni ausgehalten, aber sie fühlte sich schnell eingeengt. Sie ist – war – eine begnadete Programmiererin. Aber Nina langweilte sich schnell und hielt es in keinem Job lange aus. Als ich sie traf, arbeitete sie gerade als Fahrradkurierin. Wir verbrachten einige wundervolle Wochen in Hamburg. Dann bekam Nina das Angebot, für drei Monate bei einem deutschen Ehepaar in Nizza als Au-Pair anzuheuern. Von einem Tag auf den anderen war sie fort. So war eben ihre Art.«

»Haben Sie nicht versucht, die Beziehung weiterzuführen?«, wollte Mona wissen. »Ich habe den Eindruck, dass Nina Ihnen wichtig war.«

»Natürlich hätte ich mir gewünscht, dass wir in Kontakt bleiben. Doch als sie aus Frankreich zurückkehrte, war auch schon mein Praktikum vorbei und ich musste in Wien weiterstudieren. Dort hat Nina mich sogar besucht, blieb aber nur eine Nacht. Ich glaube, die Stadt gefiel ihr einfach nicht.«

Ob die Gefühle von Ninas Seite aus nicht so stark gewesen waren wie die ihres Verehrers? Diesen Gedanken sprach die Kommissarin nicht aus. Stattdessen wollte sie von Hofer wissen, ob ihm der Name Marcel Drechsler etwas sagte.

Der Student erwiderte: »Drechsler, Drechsler … ist das nicht der Ober-Guru, der hinter Krass Kamel steht?«

»Ja, allerdings. Sie kennen diese Online-Plattform also?«

»Nina hat mich damit vertraut gemacht, Frau Sander. Sie fand Krass Kamel spannend und hat dort jeden Tag die neuesten Enthüllungen gelesen. Warum fragen Sie danach?«

»Nina Tresser wollte offenbar Krass Kamel eine Geschichte anbieten. Wir versuchen gerade herauszufinden, was sie in den Tagen vor ihrem Tod getan hat.«

Hofer erwiderte: »Ich erinnere mich an ein Gespräch, das ich vor einem Jahr mit ihr hatte. Sie war von Krass Kamel begeistert und sagte, dass sie auch gern mal einen Skandal aufdecken würde.«

Mona hatte mitgeschrieben. Nun konnte sie sich schon ein etwas besseres Bild von dem Mordopfer machen. Sie fragte: »Gab es Feinde oder abgewiesene Verehrer, vor denen Nina sich fürchtete? Fällt Ihnen ein Name ein?«

»Lassen Sie mich nachdenken … Ja, es gab einen Ex, der sie nicht in Ruhe gelassen hat. Nina zeigte ihn bei der Hamburger Polizei wegen Nachstellung an. Was daraus geworden ist, weiß ich nicht. Ich erfuhr erst davon, als sie nach Nizza abreisen wollte. Den Namen kann ich Ihnen leider nicht nennen. Glauben Sie, dass der Mistkerl Nina auf dem Gewissen hat?«

»Wir ermitteln in alle Richtungen«, gab die Kommissarin vage zurück, »und deshalb muss ich Sie fragen, wo Sie heute Morgen zwischen acht und neun Uhr gewesen sind.«

»Sie halten mich für verdächtig?«

»Es wäre möglich, dass Ullrichs ein falscher Name ist. Außerdem weiß ich nicht, ob Sie sich momentan in Österreich befinden, Herr Hofer. Sie könnten ebenso gut auch hier in der Nähe sein, beispielsweise in Emden.«

»Ich bin aber in Wien«, stellte der Student klar. »Und das lässt sich auch beweisen. Ich hatte heute um neun Uhr ein Seminar, bei dem Präsenzpflicht herrscht. Der Professor und einige andere Anwesende werden sich gewiss an mich erinnern.«

Mona ließ sich den Namen des Dozenten und die Telefonnummer der Universitätsverwaltung geben.

»Bitte finden Sie Ninas Mörder«, sagte Hofer zum Abschied.

Mona behielt den Hörer noch einen Moment lang in der Hand, obwohl nur noch das Freizeichen ertönte. Sie musste sich eingestehen, dass ihr das Telefonat an die Nieren gegangen war. Zum Glück hatte der junge Mann ihr nicht gegenübergesessen, als sie ihm die schlimme Nachricht übermitteln musste.

»Du siehst aus, als ob du einen Geist gesehen hättest.«

Ennos Stimme klang mitfühlend. Er hatte ebenfalls sein Gespräch beendet und erhob sich von seinem Bürostuhl.

»Wo willst du hin?«

»Bleib sitzen, ich mache uns einen schönen starken Tee. Und dann können wir uns gegenseitig auf den neuesten Stand bringen«, meinte der Oberkommissar.

Er ging in die Teeküche. Während er mit der Zubereitung des ostfriesischen Lebenselixiers beschäftigt war, hatte seine Kollegin noch einige Minuten Zeit, um ihre Gedanken zu ordnen. Als er mit der Kanne, Tassen, Sahne, Kandis und einem Teller voller Anisplätzchen zurückkehrte, berichtete sie von Adrian Hofer.

Enno nickte und goss Sahne in seinen Tee, wobei er nach alter Tradition nicht umrührte. Dann fragte er: »Hältst du den Studenten für glaubwürdig?«

»Sein Schock angesichts von Ninas Tod schien echt zu sein. Zumindest von seiner Seite war offenbar echte Liebe im Spiel.«

»Hätte Hofer sich unter diesen Umständen nicht stärker um die Frau bemühen müssen?«, meinte der Ostfriese. »Wenn ich dich richtig verstanden habe, dann herrschte zwischen den beiden doch eine sehr lange Funkstille.«

»Hofer hat Ninas Freiheitsdrang als Begründung angeführt. Zum Glück haben wir ja das Smartphone, um diesen Teil der Aussage zu überprüfen. – Also, zumindest die gespeicherten Chat- und Telefondaten scheinen seine Angaben zu bestätigen. Es gab zahlreiche Kontakte zwischen den beiden im vorigen Sommer, danach noch sehr lange Phasen mit Funkstille und nur gelegentlichen Anrufen oder Textnachrichten.«

»Können wir den verliebten Wiener als Täter ausschließen, Mona?«

»Ich muss noch sein Alibi überprüfen – aber ich gehe nicht davon aus, dass er unser Mann ist. Vielversprechender erscheint mir dieser Ex-Freund, den Nina angeblich bei den Hamburger Kollegen angezeigt hat.«

Der Oberkommissar erwiderte: »Wenn das so ist, dann werden wir uns den Namen des Verdächtigen im Handumdrehen beschaffen können.«

Mona nickte und sagte: »Hofer hat übrigens bestätigt, dass Nina schon vor längerer Zeit ein großer Fan von Krass Kamel war. Und sie kannte sich angeblich gut mit Computern aus. Wenn sie nun eine Hackerin war, die im Internet den Ferienhausbetrügern auf die Schliche gekommen ist?«

Der Ostfriese schnippte mit den Fingern.

»Das würde passen«, meinte er und fuhr fort: »So gesehen müssen wir uns nicht über das fehlende Notebook wundern. Es ist sehr unwahrscheinlich, dass eine Person wie Nina ohne ein solches Gerät nach Borkum gereist ist. Vielleicht musste sie nur sterben, weil der Täter Beweise vernichten und sie für immer zum Schweigen bringen wollte.«

»Ja, ihre Story auf Krass Kamel wird für immer unveröffentlicht bleiben«, sagte Mona. »Auf jeden Fall werde ich mit diesem Marcel Drechsler Kontakt aufnehmen. Es wäre möglich, dass sie ihm schon vorab ein paar Informationen hat zukommen lassen. – Was hast du eigentlich von den LKA-Kollegen erfahren?«

»Der falsche Ferienhausvermieter Harro Schröder existiert gar nicht«, antwortete Enno. »Der Name ist vermutlich frei erfunden. Die Betrugsspezialisten sind nicht sicher, ob sich dahinter eine einzelne Person oder eine Gruppe verbirgt. Fest steht, dass unter diesem Namen schon mehrere Dutzend Touristen übers Ohr gehauen wurden – nicht nur hier auf Borkum, sondern auch auf Norderney, Juist und in Hooksiel sowie einigen anderen Küstenorten.«

»Und sie konnten dir keinen Namen eines Verdächtigen aus Fleisch und Blut zukommen lassen?«

»Leider nicht, Mona. Die Masche ist immer gleich: Der angebliche Harro Schröder schaltet eine Kleinanzeige mit ansprechenden Fotos eines schönen Ferienhauses oder einer Ferienwohnung. Er lockt mit günstigen Preisen, und da setzt bei den Interessenten offenbar der Verstand aus. Sie überweisen die Hälfte der Miete oder sogar die ganze Summe auf ein Bankkonto. Wenn sie dann anreisen, stehen sie vor verschlossener Tür, weil das jeweilige Objekt einer ganz anderen Person gehört.«

»Und über die Bankkonten kommt man auch nicht an Schröder heran?«

Der Oberkommissar seufzte und antwortete: »Das sind die Tücken der Cyberkriminalität. Die Kontoinhaber gibt es wirklich. Allerdings wissen sie nichts davon, eine solche Bankverbindung zu besitzen – Stichwort Identitätsdiebstahl. Und bis die Machenschaften aufgedeckt sind, hat Schröder oder einer seiner Komplizen längst das Geld abgehoben und sich aus dem Staub gemacht. Die Kleinanzeige, auf die sich die Körners gemeldet haben, wurde inzwischen gelöscht.«

»So ein Pech!«, stieß die Kommissarin hervor.

Ihr Kollege lächelte und sagte: »Naja, die LKA-Kollegen beobachten den Markt sehr intensiv. Sie hatten noch rechtzeitig Screenshots von der Annonce gemacht und wollten mir diese auf meine Bitte hin mailen. Da sind sie ja schon!«

Der Ostfriese öffnete auf seinem PC einen Mailanhang. Mona kam zu ihm herüber und schaute ihm über die Schulter. Sie erkannte den Tatort sofort wieder. Es gab vier Bilder, auf denen verschiedene Räume sowie das Ferienhaus von außen zu sehen war.

»Was fällt dir an den Fotos sofort auf?«, wollte der Oberkommissar wissen.

Sie antwortete: »Drei Aufnahmen sind innen entstanden! Wer immer diese Schnappschüsse gemacht hat, muss *im Haus* gewesen sein!«

Kapitel 5

Einen Moment lang war es still im Dienstzimmer. Man hörte nur die Stimmen der Urlauber, die draußen auf der Strandstraße an der Polizeiwache vorbeigingen. Außerdem ertönte der schrille Pfiff einer Lokomotive vom nahe gelegenen Inselbahnhof. Dann sagte Enno: »Ja, wobei nicht der Täter diese Fotos geschossen haben muss. Vielleicht hat Jonte früher selbst mit diesen Bildern annonciert, und sie wurden einfach geklaut. Das ist im Internet ja nun wirklich ein Kinderspiel.«

»Wir wollten doch sowieso noch mit ihm reden«, erinnerte die Kommissarin. »Dann können wir ihn auch auf die Fotos ansprechen.«

Der Oberkommissar nickte, stand auf und zog seine Jacke an. Er sagte: »Freerk wohnt im Jakob-van-Dyken-Weg. Seine Mobilnummer habe ich nicht. Aber wenn er nicht daheim sein sollte, wird seine Frau wissen, wo wir ihn erreichen können.«

Die Ermittler meldeten sich im Wachlokal ab und stiegen in den Opel Ampera-e, den sie als Dienstwagen benutzten. Der Jakob-van-Dyken-Weg war eine ruhige Wohnstraße auf halbem Weg zwischen dem Ortszentrum und dem Fährhafen. Es gab dort auch den einzigen weiteren Haltepunkt der Borkumer Kleinbahn zwischen dem Inselbahnhof und dem Fähranleger. Enno parkte vor einem offenbar alten, aber schön renovierten Friesenhaus, das mit seinen bunten Blumenbeeten im Vorgarten freundlich und einladend wirkte. Das idyllische Bild wurde von den Geräuschen aus dem Inneren getrübt. Eine schrille Frauen- und eine polternde Männerstimme ließen auf einen heftigen Ehekrach schließen.

»Jonte scheint anwesend zu sein«, meinte Mona trocken.

Ihr Kollege erwiderte: »Ja, bei Marieke und ihm hängt öfter mal der Haussegen schief.«

Die Kommissare waren aus dem Wagen gestiegen und standen vor der Tür. Der Ostfriese klingelte Sturm. Gleich darauf war zu vernehmen, wie im Haus jemand mit schweren Schritten auf den Eingang zustapfte. Jonte öffnete. Sein rotes Gesicht ließ auf einen besorgniserregend hohen Blutdruck schließen.

»Ach, ihr seid es«, brummte er. »Kommt ruhig rein. Es ist gut, sich mit vernünftigen Menschen unterhalten zu können.«

Beim zweiten Satz hatte er seine Stimme erhoben.

»Das sagt der Richtige!«, feuerte eine Frau zurück. Mona bemerkte eine weibliche Person mit blonden Locken, die schnell eine Treppe erklomm und aus dem Gesichtsfeld der Polizisten verschwand. Dann knallte sie eine Tür zu.

»Wir kommen offenbar gerade ungelegen«, stellte der Oberkommissar fest. Der Ferienhausvermieter schüttelte den Kopf.

»Nee, es ist nur das Übliche. Marieke wirft mir gern vor, dass ich ein Versager sei und sie nicht glücklich machen würde. Das passiert ungefähr einmal pro Woche. Man gewöhnt sich dran.«

Jonte bemühte sich offensichtlich darum, abgebrüht zu erscheinen. Doch nach Monas Ansicht hatte der eheliche Zwist ihn keineswegs kaltgelassen. Der Hausherr lotste seine Gäste auf die Terrasse, die mit modernen Gartenmöbeln bestückt war.

»Wollt ihr eine selbstgemachte Limonade?«, bot er an. Sie nickten. Die Kommissare nahmen Platz, und Jonte holte eine Karaffe sowie drei Gläser.

Enno nahm einen Schluck von der Zitronenlimo und sagte: »Wir sind im Rahmen unserer Ermittlungen auf eine Kleinanzeige des Betrügers gestoßen, der dein Ferienhaus unberechtigterweise zur Vermietung angeboten hat.«

Mit diesen Worten breitete er auf dem Gartentisch die Screenshots aus. Der Oberkommissar hatte sie ausgedruckt, bevor er und seine Kollegin aufgebrochen waren. Jonte betrachtete die Bilder, wobei er die Augenbrauen zusammenzog.

»Die Aufnahmen sind richtig gut«, meinte er. »Die Annonce wirkt seriös. Es ist kein Wunder, dass Urlauber auf diesen Schurken hereingefallen sind.«

Mona beugte sich vor und erklärte: »Wie Sie hier am Rand sehen können, wurde die Anzeige am Montag vor zwei Wochen ins Internet gestellt. Und die meisten Bilder entstanden im Inneren des Hauses. Die Fotos sind also nicht von Ihnen?«

»Natürlich nicht«, gab Jonte verständnislos zurück. »Warum sollte ich einem Kriminellen Bilder von meinem Ferienhaus überlassen?«

»Das wollten wir dir nicht unterstellen«, verdeutlichte Enno. »Aber es wäre ja auch vorstellbar, dass die Täter ältere Aufnahmen aus einer deiner eigenen Anzeigen geklaut haben.«

»Ach, so ist das gemeint. – Ihr müsst entschuldigen, ich kenne mich mit solchen Sachen überhaupt nicht aus. Und meine eigenen Schnappschüsse sind das ganz gewiss nicht. Ich annonciere nur über das offizielle Gastgeberverzeichnis der Stadt Borkum. Dort könnt ihr euch meine Fotos zum Vergleich ja mal anschauen.«

»Sie haben die Aufnahmen nicht gemacht, also muss jemand anders es getan haben«, sagte Mona. »Wer hatte denn am Montag vor zwei Wochen Ihr Ferienhaus gemietet?«

»Da muss ich nicht erst in meine Buchhaltung schauen, das weiß ich aus dem Kopf. Es war dieses Ehepaar Ullrichs, die sind an dem Montag vor zwei Wochen angereist.«

Also müssen sie noch am selben Tag die Fotos geschossen und die Kleinanzeige hochgeladen haben, dachte Mona. Sie führte sich vor Augen, dass Nina Tresser einen Enthüllungsartikel über die Ferienhausbetrüger hatte schreiben wollen. Ob es sich bei Ullrichs um diesen Harro Schröder handelte? Vielleicht hatte er Nina durchschaut und sie deshalb für immer zum Schweigen gebracht.

»Freerk, du bist für uns ein wichtiger Zeuge«, betonte Enno. »Erinnere dich bitte an die Schlüsselübergabe. Was für einen Eindruck hattest du von den beiden?«

Der Vermieter faltete die Hände über seinem runden Bauch. Er senkte den Kopf auf die Brust und schien genau zu überlegen. Nach einem langen Moment der Stille sagte er: »Ich habe in meinem Leben schon so viele Mieter gehabt, da entwickelt man ein bisschen Menschenkenntnis. Also, dieser Malte Ullrichs kam mir irgendwie hinterhältig vor. Er versuchte, wie ein freundlicher junger Mann zu wirken. Doch ich würde ihm nicht über den Weg trauen. Und seine Frau? Diana Ullrichs schien sich vor ihm zu fürchten, obwohl sie das verbergen wollte.«

»Wir wissen inzwischen, dass zumindest der Name Diana Ullrichs falsch ist«, erklärte Enno. »Hast du dir von den Mietern Personalpapiere zeigen lassen?«

Jonte erschrak sichtlich.

»Nein, das … habe ich nicht getan. Sie leisteten eine Anzahlung in bar, dafür kann ich dir die Quittung zeigen. Und natürlich habe ich im Auftrag der Touristinformation den üblichen Gästebeitrag kassiert. Bekomme ich jetzt Ärger?«

»Ein Ferienhaus ist kein Hochsicherheitsgefängnis«, sagte Enno beruhigend. »Du bist bestimmt nicht der einzige Vermieter, der sich von seinen Gästen keinen Ausweis zeigen lässt. Diese Quittung würde ich trotzdem gern sehen.«

»Kommt sofort.«

Mit diesen Worten eilte Jonte ins Haus und kehrte gleich darauf mit einem Ordner zurück, aus dem er eine Bestätigung über die Anzahlung von dreihundert Euro fischte. Die Signatur bestand aus einem Krakel, den man nur mit größtem Wohlwollen als den Namen Ullrichs identifizieren konnte. Doch aus dieser Tatsache konnte man dem Vermieter keinen Strick drehen. Das war zumindest Monas Ansicht.

»Sie haben also an dem Montag vor zwei Wochen die Schlüssel übergeben«, vergewisserte sich die Kommissarin. »Haben Sie das Paar danach noch einmal gesehen?«

»Nein. Heute Morgen bin ich zum Ferienhaus gegangen, weil ich noch kurz mit Juliane schnacken und die Schlüssel aus dem Briefkasten holen wollte. Und dann habe ich euch getroffen ... warum muss so etwas ausgerechnet mir passieren?«

Jonte kam aus dem Kopfschütteln nicht heraus. Mona konnte nachvollziehen, wie er sich fühlen musste. Jonte machte auf sie den Eindruck eines bodenständigen Mannes, der sich mit der Vermietung mehrerer Objekte seinen Lebensunterhalt verdiente. Das war auf einer touristisch geprägten Insel wie Borkum nicht ungewöhnlich. Er hätte es sich gewiss nie träumen lassen, dass eines seiner Häuser zum Tatort eines brutalen Verbrechens werden würde.

»Wir müssen so viel wie möglich über dieses Paar in Erfahrung bringen«, unterstrich Enno eindringlich. »Kannst du dich beispielsweise daran erinnern, ob zu ihrem Gepäck auch ein Notebook gehört hat?«

»Lass mich nachdenken ... ja, die Frau hatte so eine schicke schwarze Tasche für einen tragbaren Computer bei sich. Ich habe mich noch darüber gewundert, dass sie im Urlaub scheinbar arbeiten wollte. Aber die Gäste können ja im Haus tun und lassen, was sie wollen, solange die Einrichtung heil bleibt.«

Die Kommissarin war hundertprozentig sicher, dass sie weder ein Notebook noch eine dazu passende Tasche bemerkt hatte. Zwar war die Durchsuchung des Ferienhauses nur oberflächlich gewesen, die Feinarbeit überließen die Kommissare den Kriminaltechnikern. Doch einen Laptop konnte man im Gegensatz zu weitaus kleineren Gegenständen unmöglich übersehen.

»Der Name des Mannes lautete also Malte Ullrichs?«, vergewisserte Mona sich. Jonte nickte.

»Ja, das hat er behauptet. Wenn ich mir seinen Personalausweis hätte zeigen lassen, wäre das Verbrechen vielleicht gar nicht geschehen … ich bin so ein Dummkopf!«

Der Oberkommissar legte seine Hand auf die Schulter des Vermieters.

»Das ist Unsinn, red dir so etwas bloß nicht ein. Gegen besonders ausgekochte Kriminelle ist auch mit der größten Menschenkenntnis kein Kraut gewachsen. Wahrscheinlich haben die beiden dir keinen Grund dafür gegeben, an ihnen zu zweifeln?«

»Nee, überhaupt nicht. Sie kamen mir wie ein Ehepaar vor.«

Obwohl sie keine Eheringe trugen? Diese Frage lag Mona auf der Zunge, doch sie behielt sie für sich. Es war von einem Ferienhausvermieter gewiss zu viel verlangt, die Menschen mit demselben Röntgenblick zu betrachten, wie es eine Kriminalermittlerin getan hätte. Außerdem – war es bei jungen Paaren überhaupt noch in Mode, Eheringe zu tragen? Mona wusste es schlicht und einfach nicht. Bei ihr selbst war das Thema noch nie auf der Tagesordnung gewesen. Wie würde sie reagieren, wenn ihr Freund Jan plötzlich vor ihr auf die Knie fiel und ihr einen Antrag machte?

Diesen Gedanken wollte Mona besser nicht vertiefen. Sie rief sich selbst zur Ordnung, schließlich musste sie einen Mordfall aufklären. Immerhin war es dem Pärchen offenbar gelungen, Jonte eine Schmierenkomödie vorzuspielen. Oder existierten wirklich Gefühle zwischen ihnen, und es hatte für die Bluttat ein völlig anderes Motiv gegeben als die drohende Enthüllung des Ferienhausbetrugs? Die Kommissarin erkannte, dass sie sich nicht zu früh auf eine einzige Antwort festlegen durfte.

Enno trank aus und sagte: »Danke für die Limonade, Freerk. Falls meine Kollegin keine Fragen mehr hat, verabschieden wir uns für den Moment. Es kann sein, dass wir dich später noch einmal befragen müssen.«

»Das ist doch selbstverständlich«, erwiderte Jonte. Er zögerte, bevor er weitersprach: »Ich will ja nicht pietätlos klingen, aber – wann kann ich das Ferienhaus wieder vermieten?«

»Die Kriminaltechniker werden nicht vor morgen auf der Insel eintreffen. Sobald sie mit ihrer Arbeit fertig sind, gebe ich dir Bescheid«, versprach der Oberkommissar. Er fuhr fort: »Du müsstest auch noch zur Dienststelle kommen, damit wir deine Aussage schriftlich aufnehmen können.«

Der Vermieter versprach, so bald wie möglich vorbeizuschauen.

Die Ermittler verabschiedeten sich und durchquerten das Haus, um gleich darauf in ihren Dienstwagen zu steigen. Als sie zur Polizeistation zurückfahren wollten, mussten sie kurz vor der Schranke warten. Ein Kleinbahnzug hatte soeben die Station Jakob-van-Dyken-Weg verlassen. Die Lokomotive und die bunten Waggons bewegten sich auf den Inselbahnhof zu.

»Gibt es zwischen Jonte und seiner Frau öfter Zoff, Enno?«

Der Oberkommissar schaute nachdenklich auf seine großen Hände, die auf dem Lenkrad ruhten. Dann antwortete er: »Also, glücklich ist die Ehe sicher nicht. Freerk und Marieke sind schon seit einer halben Ewigkeit verheiratet.«

»So wie du und Birte.«

»Das kann man nicht vergleichen.«

»Und warum nicht, Enno?«

»Weil Birte die Liebe meines Lebens ist«, erwiderte der Ostfriese mit schlichter Selbstverständlichkeit. Er fuhr fort: »Freerks Ehe würde ich nicht als Liebesheirat bezeichnen.«

»Wie kommst du zu diesem Urteil?«

»Freerk war als junger Mann ein Windhund, keine Frau konnte sich vor ihm sicher fühlen. Er sah auch gut aus, zumindest lautete so die Mehrheitsmeinung der Damenwelt. Irgendwann kam er mit Marieke zusammen, und sie wurde prompt schwanger. Also musste geheiratet werden, so funktionierten die Dinge damals. Außerdem lebte Mariekes Vater noch, und Freerk hätte sich nicht getraut, ihm die Stirn zu bieten. Ich vermute, dass er seiner jungen Frau das Blaue vom Himmel versprochen hat. Doch daraus wurde nichts.«

»Hält Marieke ihn deshalb für einen Versager?«

»Ohne ihr Erbe wäre Freerk ein ganz kleines Licht, Mona. Das Grundstück, auf dem das Ferienhaus in der Norderreihe steht, war seit Generationen im Besitz von Mariekes Familie.«

»Was wurde eigentlich aus ihrer Schwangerschaft?«

»Sie brachte einen gesunden Jungen zur Welt. Aber Kajo ist inzwischen zwanzig Jahre alt, arbeitet auf dem Festland und kommt nur noch zu Weihnachten nach Borkum. Wahrscheinlich gefällt ihm die Atmosphäre in seinem Elternhaus nicht mehr. – Warum fragst du so viel nach Freerks familiären Verhältnissen, Mona? Kommt er dir verdächtig vor?«

»Das nicht gerade. Aber findest du es nicht seltsam, dass er die fehlenden Ringe bei dem angeblichen Ehepaar Ullrichs nicht bemerkt hat? Zumindest erwähnte er sie mit keiner Silbe.«

Die Schranken hoben sich, und Enno startete den Wagen.

»Jetzt, wo du es sagst … ja, das stimmt. Wahrscheinlich achtet er nicht auf solche Details, er ist ja kein Kriminalist.«

»Das habe ich mir auch gesagt«, meinte die Kommissarin. Sie fügte hinzu: »Und immerhin wurde durch seine Aussage unsere Annahme bestätigt, dass sich im Ferienhaus ein Notebook befunden hat – höchstwahrscheinlich mit brisantem Material darauf.«

Enno nickte und sagte: »Es kommt mir so vor, als ob wir einen Geist jagen würden. Sind Malte Ullrichs und Harro Schröder ein und dieselbe Person? Auf welchem Weg konnte Nina Kontakt mit ihm aufnehmen? Er kann ihr nicht gänzlich fremd gewesen sein, die beiden haben ja offenbar das Schlafzimmer miteinander geteilt.«

»Wir sollten systematisch sämtliche männliche Namen in Ninas Smartphone-Telefonverzeichnis überprüfen«, meinte Mona. »Ich könnte mir nämlich gut vorstellen, dass nicht nur Harro Schröder, sondern auch Malte Ullrichs ein frei erfundener Name ist.«

»Das steht zu befürchten«, gab der Ostfriese seufzend zurück.

Als die Ermittler geparkt hatten und ins Wachlokal traten, wurden sie sofort von Grietje angesprochen: »Ihr kommt wie gerufen! Ich habe einen gewissen Hartmut Tresser in der Leitung, der dich unbedingt sprechen will, Mona.«

Also mussten die Bremer Kollegen die Todesnachricht schon überbracht haben. Die Kommissarin spürte, wie ihre Anspannung stieg. Es war nie ein Vergnügen, mit den Angehörigen von Verbrechensopfern reden zu müssen. Doch sie musste sämtliche Informationsquellen nutzen, um den Fall lösen zu können.

Mona sagte: »Stell das Gespräch bitte auf meinen Festnetzanschluss.«

»Dein Wunsch ist mir Befehl«, gab die junge Kollegin zurück.

Die Ermittlerin eilte in ihr Büro, wo bereits das Telefon klingelte. Sie nahm den Hörer ab, meldete sich mit Namen und Dienstgrad. Am anderen Ende der Leitung ertönte eine dunkle Männerstimme. Der Anrufer sprach sehr betont und beherrscht – so, als ob er seinen Gram gewaltsam unterdrücken und nicht an die Oberfläche kommen lassen wollte.

»Frau Sander? Wie ich von der Bremer Polizei hörte, sind Sie mit der Untersuchung von Ninas Tod betraut.«

»Das ist richtig.«

»Ich weiß, wer meine Tochter umgebracht hat.«

Kapitel 6

Monas Herz schlug schneller, als sie diese Information bekam. Dennoch führte sie sich vor Augen, dass Tressers Worte mit Vorsicht zu genießen waren. Für Angehörige von Mordopfern konnte die Aufklärung einer solchen Bluttat gar nicht schnell genug gehen. Das führte manchmal dazu, dass sie die unglaublichsten Beschuldigungen vorbrachten und der Polizei unnötige Arbeit verursachten. Denn selbstverständlich musste jedem Hinweis nachgegangen werden. Die Kommissarin überschlug sich also nicht gerade vor Begeisterung, als sie reagierte.

»Von welcher Person sprechen Sie, Herr Tresser?«

»Der Mistkerl heißt Oliver Fuchs. Nina hat ein paar Wochen lang in einem Callcenter hier in Bremen gejobbt. Diese Arbeit war weit unter ihrem Niveau, aber meine Tochter hatte ihren eigenen Kopf. Ich hätte es lieber gesehen, wenn sie ihr Studium fortgesetzt hätte. Dann wäre vermutlich alles anders gekommen.«

Mona ging nicht auf den letzten Satz ein. Stattdessen fragte sie: »Darf ich fragen, was Sie beruflich machen?«

»Mir gehört eine Kette von Sanitätshäusern. Ich habe davon geträumt, dass Nina eines Tages mein Unternehmen weiterführen würde. Aber sie interessierte sich offenbar nicht für meine Betriebe und auch nicht für das Geschäftsleben im Allgemeinen.«

Tresser klang nun verbittert, wie Mona fand. Sie hatte die Frage gestellt, um sich ein besseres Bild von den familiären Verhältnissen machen zu können. Die Tressers nagten gewiss nicht am Hungertuch. Doch nun kam sie auf den eigentlichen Grund für den Anruf zurück: »In welchem Verhältnis stand Ihre Tochter zu Oliver Fuchs?«

»Von einem Verhältnis kann keine Rede sein, Frau Sander. Laut Nina saß der Schuft in dem Callcenter-Großraumbüro auf dem Arbeitsplatz neben ihr. Und schon am ersten Tag begann er damit, sich an sie heranzumachen.«

»Ihre Tochter wies ihn zurück?«

»Selbstverständlich, sie wollte von diesem schleimigen Typen nichts wissen!«, rief Tresser empört.

Mona betonte: »Ich wollte Ihrer Tochter nichts unterstellen. Aber ich benötige so viele Einzelheiten wie möglich, um mir ein Bild machen zu können.«

»Das verstehe ich. – Fuchs bedrängte Nina, und er verhielt sich dabei gerissen. Wenn ein Vorgesetzter in der Nähe war, spielte er die Unschuld vom Land. Und natürlich achtete er darauf, nicht ins Blickfeld von Überwachungskameras zu geraten.«

Ein Arbeitsplatz, an dem die Angestellten unter Beobachtung standen? Mona hatte schon viel Negatives über diese Branche gehört. Ihre Vorbehalte schienen sich zu bestätigen. Doch sie beschäftigte im Moment ein anderer Punkt: »Verstehe ich Sie also richtig, dass Ihre Tochter sich Ihnen anvertraut hat?«

Die Antwort auf diese Frage bestand in einem längeren Schweigen, das nach Ansicht der Kommissarin sehr aussagekräftig war.

»Herr Tresser, sind Sie noch am Apparat?«

»Ja, bin ich. – Also, ich habe nicht direkt von Nina erfahren, was dieser Oliver Fuchs sich geleistet hat.«

Muss ich dir jedes Wort einzeln aus der Nase ziehen?, dachte Mona gereizt. Sie fragte: »Wie meinen Sie das?«

»Ich hatte meine Tochter zum Abendessen eingeladen. Sie sagte ab und ließ beiläufig die Bemerkung fallen, dass sie ab dem nächsten Tag in Hamburg wohnen würde. Ich konnte ihrem Tonfall anhören, dass etwas vorgefallen sein musste. Doch sie wollte nicht mit der Sprache herausrücken und beendete das Gespräch.«

»Was taten Sie daraufhin?«

»An Ninas sprunghafte Art habe ich mich wohl oder übel gewöhnt. Aber ich wollte natürlich herausfinden, wo sie der Schuh drückte. Also nahm ich mit ihrer besten Freundin Kontakt auf. Miriam erzählte mir von den Problemen, die Nina wegen Fuchs in ihrem Job hatte. Und nach Meinung der Freundin musste meine Tochter kündigen und nach Hamburg ziehen, um den Schurken loszuwerden.«

»Sie denken also, dass Fuchs Nina nach dem Leben getrachtet hat, weil sie nichts von ihm wissen wollte?«

»Das wäre möglich, oder? Meine Tochter verfügte über einen starken Charakter. Wenn sie vor einem Mann geflohen ist, dann muss sie sich schon ernsthaft bedroht gefühlt haben«, sagte Tresser. Mona konnte seine Überlegungen nachvollziehen. Und sie wusste, wie schwer es manchmal für die Polizei war, hartnäckigen Nachstellungen einen Riegel vorzuschieben. Sie ließ sich von Tresser noch die Telefonnummer der besten Freundin seiner Tochter geben und bedankte sich für die Informationen.

»Werden Sie Fuchs nun verhaften?«, wollte der Vater wissen. Seine Stimme klang ungeduldig.

»Wir nehmen Ihren Hinweis ernst, aber über die weitere Vorgehensweise darf ich nicht mit Ihnen sprechen«, erklärte sie.

»Der Dreckskerl hat Blut an den Händen, dafür wird er bezahlen«, gab Tresser zurück. Bevor die Kommissarin ihn vor den üblen Folgen von Selbstjustiz warnen konnte, hatte er das Telefonat beendet.

Während Mona mit dem Vater des Opfers gesprochen hatte, war Enno nicht untätig geblieben. Er saß auf seinem Bürostuhl und legte den Hörer auf die Gabel, wobei er seine Kollegin fragend anschaute. Sie berichtete von Tressers Angaben und fügte hinzu: »Ich finde es bezeichnend, dass Nina mit ihren Sorgen nicht zu ihrem Papa gegangen ist.«

»Daran kann ich nichts Ungewöhnliches finden«, meinte der Oberkommissar. Er fuhr fort: »So, wie Nina uns bisher geschildert wurde, war sie eine eigenständige und risikofreudige junge Frau. Wer würde sich schon undercover mit Kriminellen anlegen, ohne eine Garantie für die Veröffentlichung des Enthüllungsartikels zu haben? Ist es in dem Alter nicht eher normal, dass man Schwierigkeiten mit der besten Freundin und nicht mit den Eltern bespricht?«

»Ja, das hatte ich nicht bedacht«, gab Mona zu. »Außerdem hat Ninas Verhältnis zu ihrem Vater vielleicht darunter gelitten, dass sie aus seiner Sicht beruflich Schiffbruch erlitten hat. Eine Callcenter-Agentin oder Radkurierin steht jedenfalls gesellschaftlich und finanziell viel schlechter da als die Geschäftsführerin einer Kette von Sanitätshäusern.«

»Ich kann dir nicht widersprechen«, sagte Enno und faltete die Hände über seinem runden Bauch. Die Kommissarin musste plötzlich lächeln. Der zielgerichtete Gedankenaustausch mit ihrem erfahrenen Kollegen gehörte zu den schönsten Momenten in ihrem Beruf. Was Enno an Spontaneität fehlte, machte er mit Menschenkenntnis und Wissen wett. Und Mona steuerte oftmals ungewöhnliche Ansätze zu ihren gemeinsamen Ermittlungen bei. Sie dachte laut nach: »Wir müssen herausfinden, ob dieser Oliver Fuchs sich momentan auf der Insel befindet. Das sollte nicht allzu schwierig sein. Falls er wirklich Nina getötet hat, bleibt eine ganz andere Frage offen.«

»Du meinst, aus welchem Grund Ullrichs verschwunden ist? Vielleicht hatte er mit dem Mord gar nichts zu tun, sondern war bloß mit den Betrügereien beschäftigt. Es wäre vorstellbar, dass Fuchs Nina in Ullrichs' Abwesenheit umgebracht hat. Ullrichs kehrt zurück und entdeckt das Verbrechen. Er kann nicht die Polizei rufen, weil er ein Verbrecher ist und unter falschem Namen ein Ferienhaus gemietet hatte. In dem Moment, wo wir nach seinen Personalien fragen, würde er auffliegen. Und einen Rettungswagen muss er auch nicht mehr rufen, weil Nina schon tot ist. Er kann nichts mehr für sie tun, also schnappt er sich das Notebook und flieht Hals über Kopf.«

Die Kommissarin war noch nicht ganz überzeugt: »Wenn deine Annahme stimmt, hat er sich durch sein Verhalten erst richtig verdächtig gemacht.«

»Das stimmt, Mona. Noch wissen wir ja nicht, wer sich hinter dem Namen Ullrichs verbirgt. Es könnte sich um einen mehrfach vorbestraften Kriminellen handeln. Du hast die gefälschte Kleinanzeige gesehen. Das war kein Werk von Amateuren. Wenn er schon hinter Gittern gesessen hat, will er wahrscheinlich keineswegs dorthin zurück.«

»Ich hoffe auf die kriminaltechnische Untersuchung des Kerzenständers«, sagte die Ermittlerin. »Bei einem überstürzten Abgang wird der Täter wohl kaum daran gedacht haben, seine Fingerabdrücke zu beseitigen. Und falls Ullrichs unter seinem richtigen Namen wirklich in einer Justizvollzugsanstalt gesessen hat, werden wir seine Identität schon bald kennen. – Was konnten die Hamburger Kollegen dir eigentlich über diesen Kerl sagen, den Nina angezeigt hat?«

»Sein Name lautet Ulf Riem«, berichtete der Ostfriese. »Er ist geschieden, und Nina hatte eine Kurzzeitaffäre mit ihm. Aus irgendeinem Grund verlor sie schnell das Interesse, aber Riem fand sich damit nicht ab. Er wollte weiterhin etwas von ihr, lauerte ihr auf und bombardierte sie mit Anrufen und Textnachrichten.«

»Seinen Namen habe ich in der Adressliste nicht gefunden, was mich unter diesen Umständen nicht wundert«, erwiderte Mona. Sie ergänzte: »Welche Frau würde ihren Stalker im Kurzwahlverzeichnis abspeichern?«

»Da bin ich ganz deiner Meinung«, sagte Enno. »Die Kollegen in der Hansestadt haben sich Riem bei einer Gefährderansprache vorgeknöpft. Da hat er angeblich den reuigen Sünder gemimt, aber mein Gesprächspartner im Präsidium meinte, dass Riem nur eine Show abgezogen hätte. Seiner Einschätzung nach war dieser Mann von Nina geradezu besessen.«

»Das sind alles persönliche Motive, die mit den Ferienhausbetrügereien nichts zu tun haben«, stellte die Kommissarin fest. »Ist es nicht ein sehr seltsamer Zufall, dass Nina ausgerechnet in dem Objekt getötet wird, das sie bei ihrem Undercoverjob als angebliche Ehefrau von Ullrichs gemietet hat?«

»Wir können über die Gründe für den Mord nur spekulieren, solange wir noch nicht einmal einen Hauptverdächtigen haben«, stellte Enno trocken fest. »Anscheinend gab es genügend Menschen, die Nina lieber tot als lebendig sehen wollten. Wenn wir wissen, welche Kandidaten wir aufgrund eines wasserdichten Alibis ausschließen können, blicken wir viel besser durch.«

Enno hatte mit seinen Erklärungen wieder einmal den Nagel auf den Kopf getroffen. Die Kommissare verließen die Polizeistation und gingen zur Touristinformation. Dort wurden sie sofort fündig: Ein Urlauber namens Oliver Fuchs hatte vor einer Woche ein Zimmer in der Pension Kolbe bezogen, das er bis einschließlich des kommenden Freitags gemietet hatte. Mona führte sich vor Augen, dass es von der einfachen Frühstückspension Kolbe bis zu dem Ferienhaus in der Norderreihe nur wenige Minuten zu Fuß waren. Das war zwar noch kein Beweis für Fuchs' Schuld, aber die Kommissarin wollte trotzdem umgehend mit ihm sprechen. Enno ging es genauso, wie ihr ein Blick in sein Gesicht bewies. Die beiden bedankten sich bei den freundlichen Damen bei der Touristinformation und eilten zu der Pension, die sich nicht weit vom Inselbahnhof befand.

Enno berichtete: »Rita Kolbe gehört zu den ›Großstadtflüchtlingen‹, die sich ihren Traum von einem Leben auf Borkum erfüllt haben. Vor ungefähr zehn Jahren machte sie eine Erbschaft, kaufte mit dem Geld die heruntergekommene Pension und brachte sie mit viel Liebe wieder auf Vordermann.«

Mona nickte. Sie kannte den Beherbergungsbetrieb, allerdings nur von außen. Doch als sie sich dem halb mit Heckenrosen überwucherten Backsteinbau näherten, begriff sie, was ihr Kollege meinte. Sauber und ordentlich waren andere Pensionen auf Borkum ebenfalls, auch in der unteren Preiskategorie. Doch bei diesem Haus spürte man, dass die Inhaberin sich mit Dekoration und Atmosphäre besonders viel Mühe gegeben hatte.

Der Oberkommissar betätigte den liebenswert altmodischen Klingelzug. Gleich darauf erschien eine kleine Frau mit grauen Haaren und lustigen blauen Augen.

»Moin, Rita. Das ist meine Kollegin Mona Sander«, sagte er.

»Moin! Ich hab euch beide schon öfter gemeinsam im Ort gesehen. – Ich bin Rita, aber das wirst du dir schon gedacht haben, Mona. Was kann ich für euch tun? Ein Zimmer wollt ihr doch sicher nicht, oder?«

Die Vermieterin stellte die Frage lächelnd und augenzwinkernd. Die Ermittlerin mochte sie auf Anhieb. Sie sagte: »Wir sind wegen Oliver Fuchs hier.«

Frau Kolbe wurde sofort ernst. »Was hat er angestellt?«, fragte sie mit gedämpfter Stimme.

»Wir müssen zunächst nur mit ihm reden«, erklärte Enno. »Ist er zum Strand gegangen?«

»Nee, er hockt heute schon die ganze Zeit in seinem Zimmer. Er will noch nicht mal, dass geputzt wird. Beim Frühstück ist er gestern noch gewesen, heute nicht mehr. Als ich bei ihm geklopft habe, wurde er richtig pampig. Ich bin ehrlich gesagt froh, wenn er auszieht.«

Mona hakte nach: »Hat er sich während des ganzen Aufenthalts hier verkrochen?«

»Nee, überhaupt nicht. An den anderen Tagen ist er gleich nach dem Frühstück abgeschwirrt und irgendwann spät nachts wiedergekommen. Meine Gäste haben ja eigene Schlüssel und können zurückkehren, wann es ihnen beliebt. – Er hat Zimmer sieben.«

»Meine Glückszahl«, meinte Enno trocken. »Dann wollen wir dem Herrn mal auf den Zahn fühlen.«

Er kannte sich offenbar aus, jedenfalls bog er in den linken Korridor ein. Mona folgte ihm. Der Ostfriese wummerte mit seiner mächtigen Faust gegen eine Tür, an der die Zahl Sieben in Bronze angebracht war. Es kam keine Antwort. Die Kommissarin lauschte konzentriert.

»Machen Sie auf, Herr Fuchs. Hier ist die Polizei!«

Obwohl man Ennos Stimme unmöglich überhören konnte, tat sich hinter der Tür immer noch nichts. Mona bemerkte einen penetranten Schnapsgeruch, der aus dem Inneren drang – offenbar durch den schmalen Spalt zwischen Tür und Boden. Sie wandte sich an Frau

Kolbe: »Der Mann könnte eine Alkoholvergiftung haben. Öffnen Sie bitte mit dem Generalschlüssel!«

Die Pensionswirtin war einverstanden. Sie zog einen großen Schlüsselbund aus ihrer Schürzentasche und sperrte auf. Enno öffnete die Tür. Drinnen herrschte Zwielicht, an das sich die Augen erst gewöhnen mussten. Ein Mann lag auf dem zerwühlten Bett, der Geruch von Fusel und Körperausdünstungen war kaum auszuhalten. Doch er war nicht so volltrunken, wie er auf den ersten Blick erschien.

Er packte eine Flasche und schleuderte sie auf die Ermittler. Das Wurfgeschoss verfehlte Monas Kopf nur um Haaresbreite und zerschellte an der Wand hinter ihr.

Kapitel 7

Die Kommissarin reagierte prompt. Sie stürzte sich wie eine Wildkatze auf den Gewalttäter. Fuchs lallte und schlug unkoordiniert um sich. Mona bekam seinen rechten Arm zu fassen und zerrte den Krawallmacher vom Bett auf den Boden. Der Kerl versuchte, wieder hochzukommen. Aber nun war auch Enno zur Stelle. Der Oberkommissar verhinderte mit seinen Bärenkräften, dass Fuchs weiterhin Widerstand leisten konnte. Die Ermittlerin konnte dem Verdächtigen in aller Ruhe Handschellen anlegen.

»Wir verhaften Sie wegen des Angriffs auf Polizeibeamte und wegen Mordverdachts!«, fauchte sie ihm ins Ohr. »Sie müssen sich nicht selbst belasten und haben das Recht auf einen Anwalt. Verstehen Sie mich?«

Der Mann am Boden gab einige Grunzlaute von sich, doch seine Energie schien verpufft zu sein. Vielleicht war ihm auch einfach nur übel. Nach Monas Einschätzung musste er gewaltige Alkoholmengen intus haben. Es würde lange dauern, bis ein ordnungsgemäßes Verhör möglich war. Während sie Fuchs im Auge behielt, durchsuchte Enno den Verdächtigen nach Waffen. Der Flaschenwerfer war nur mit einer Jogginghose und einem Muskelshirt bekleidet, daher konnte er in seiner Montur nicht viele Gegenstände verstecken. Aber der Ostfriese fand bei ihm ohnehin weder ein Messer noch andere Waffen oder gefährliche Gegenstände.

Frau Kolbe hatte die Festnahme von der offen stehenden Zimmertür aus verfolgt. Die Pensionswirtin riss ihre Augen weit auf, die Hände hatte sie sich entsetzt vor den Mund geschlagen. Borkum war eigentlich eine friedliche Insel, auf der man solche Szenen selten zu sehen bekam.

»Ich hole den Wagen«, kündigte Enno an. »In seinem Zustand kann Fuchs keine drei Schritte gerade gehen. Außerdem will ich kein Spießrutenlaufen mit einem Mann in Handschellen veranstalten.«

»Du hast eben ein Herz aus Gold«, gab Mona lächelnd zurück. »Ich halte hier so lange die Stellung. – Geht es Ihnen gut?«

Den letzten Satz richtete sie an den Verdächtigen, der immer noch flach auf dem Bauch lag. Die Kommissarin konnte sich lebhaft vorstellen, dass sich in seinem Kopf momentan ein Karussell drehte. Am nächsten Morgen würde er vermutlich den Kater seines Lebens durchleiden müssen. Doch ihr Mitgefühl hielt sich in Grenzen. Wenn

Fuchs nicht so schlecht gezielt hätte, wäre die Flasche an Monas Kopf gelandet. Und darauf konnte sie dankend verzichten. Fuchs gab ein paar Geräusche von sich und zappelte ein wenig. Enno verschwand, und Frau Kolbe trat auf Mona zu.

»Anfangs hielt ich Herrn Fuchs nur für einen schüchternen, wenn auch mürrischen jungen Mann«, flüsterte die Pensionswirtin. »Ich hätte es nie für möglich gehalten, dass er so die Kontrolle über sich verliert!«

Vielleicht, weil er einen Mord begangen hat? Dieser Gedanke drängte sich der Ermittlerin automatisch auf, aber sie sprach ihn natürlich nicht aus. Offensichtlich war Fuchs zum Zeitpunkt der Bluttat bereits auf der Insel gewesen. Und dass er ohne Hemmungen gewalttätig wurde, hatte er soeben eindrucksvoll bewiesen. Während sie auf die Rückkehr ihres Kollegen wartete, schaute sich die Kommissarin genauer im Zimmer um. Es handelte sich um einen kleinen, aber gemütlich eingerichteten Raum. Wenn man die leeren Flaschen und die herumliegenden Kleidungsstücke ausblendete, sah es ordentlich und sauber aus. Auf dem einzigen Tisch stand ein Notebook. Monas Interesse war geweckt. Ob das Gerät aus dem Besitz des Mordopfers stammte? Sie wandte sich an die Pensionswirtin: »Erinnern Sie sich, ob Ihr Gast diesen tragbaren Computer schon bei seiner Anreise bei sich hatte?«

Frau Kolbe schaute erst den tragbaren Computer an, dann warf sie der Kommissarin einen verständnislosen Blick zu. Sie sagte: »Es tut mir leid, aber das weiß ich nicht. Der Gast hatte wohl anfangs nur einen Teil seines Gepäcks in den Schrank geräumt, vielleicht war das Notebook noch in seiner Reisetasche. Denken Sie, dass Herr Fuchs diesen Computer gestohlen hat?«

Wenn ich das wüsste, dachte Mona. Sie nahm sich vor, dem Verdächtigen später genau diese Frage zu stellen. Doch in Fuchs' momentanem Zustand konnte man von ihm keine brauchbare Antwort erwarten. Es dauerte nicht lange, bis Enno zurückkam. Mit vereinten Kräften stellten die Kommissare den Verhafteten auf die Beine. Sie mussten ihn stützen, um ihn zum Auto schaffen zu können. Mona bat die Pensionswirtin, das Zimmer wieder abzuschließen und darin nichts zu verändern.

»Das werde ich auf keinen Fall tun!«, versicherte Frau Kolbe. Sie gehörte noch einer Generation an, die über polizeiliche Anordnungen nicht diskutieren wollte. Während Enno sich zu dem Verhafteten auf die Rückbank des Opel Ampera-e setzte, nahm seine Kollegin hinter dem Lenkrad Platz und startete den Motor. Wenig später hatten sie die Polizeistation erreicht und schafften den Verdächtigen in eine Arrestzelle. Enno nahm Fuchs die Handschellen ab und sagte: »Schlafen Sie erst einmal Ihren Rausch aus, morgen befassen wir uns weiter mit Ihnen.«

Es war nicht eindeutig, ob der Betrunkene den Sinn dieser Worte verstand. Er legte sich jedenfalls wortlos auf die Pritsche und drehte den Beamten den Rücken zu.

»Die erkennungsdienstliche Behandlung wird wohl auch warten müssen, bis er wieder ansprechbar ist«, meinte Mona, nachdem die Ermittler die Zelle wieder verlassen hatten. Der Oberkommissar nickte und erwiderte: »Ja, in seinem jetzigen Zustand wird er noch nicht einmal für ein Foto stillhalten können. – Es scheint, als hätten wir den Fall im Rekordtempo gelöst, und das noch vor Feierabend.«

Mona legte den Kopf schief und musterte ihren Kollegen eingehend.

»Diesen Tonfall kenne ich, mein Lieber. Erscheint dir die Lösung zu einfach? Fuchs hatte Motiv und Gelegenheit, um den Mord zu begehen. Nina wies ihn zurück, das konnte er nicht ertragen. Er brachte sie im Affekt um. Doch er wurde von seinem schlechten Gewissen dermaßen geplagt, dass er sich mit Alkohol betäuben musste. Außerdem habe ich noch ein weiteres Detail bemerkt, während du das Auto geholt hast.«

Sie berichtete von dem Notebook in dem Pensionszimmer.

»Es ist mir gar nicht aufgefallen, dass dort ein tragbarer Computer stand«, gab Enno zu. Er fuhr fort: »Falls das Gerät wirklich Nina gehört, wird sich das einfach nachweisen lassen. Und dann könnte die Staatsanwaltschaft Fuchs sogar aufgrund von Indizien anklagen. Wir sollten nämlich damit rechnen, dass unser berauschter Freund einen Filmriss hat und sich an die Tat nicht mehr erinnern kann – oder will.«

»Ich rufe jetzt erst einmal den Amtsarzt an«, sagte Mona. »Niemand soll uns vorwerfen können, dass wir einen dermaßen Besoffenen nicht medizinisch hätten untersuchen lassen.«

***

Am nächsten Morgen brach Mona mit gemischten Gefühlen von ihrer Wohnung in der Walfangerstrate Richtung Strandstraße auf, wo sich die Polizeistation befand. Während sie sich auf ihrem Fahrrad den frischen Nordseewind um die Nase wehen ließ, dachte sie bereits wieder über ihren aktuellen Fall nach.

Sie konnte Ennos Skepsis durchaus verstehen. Der erfahrene Ermittler hätte wahrscheinlich nicht in Worte fassen können, weshalb ihm Fuchs' Schuld an Ninas Tod als eine zu simple Lösung erschien. Möglicherweise hatte der Verdächtige sogar ein wasserdichtes Alibi für die Tatzeit. Wenn er beispielsweise gemeinsam mit den anderen Gästen im Frühstücksraum der Pension gesessen hatte, kam er als Mörder nicht in Betracht. Auf jeden Fall war es nach Ansicht der Kommissarin kein Zufall, dass Fuchs sich ausgerechnet in der Nähe seiner ehemaligen Arbeitskollegin einquartiert hatte. An solche Zufälle glaubte Mona nicht. Fuchs schien nach wie vor ein großes Interesse an Nina zu haben. Und Ullrichs' Anwesenheit konnte ihn offenbar auch nicht bremsen.

Plötzlich kam der Ermittlerin ein irritierender Einfall: Wenn sie und Enno es nun mit einem Doppelmord zu tun hatten? Gewiss, noch fehlte von Ullrichs jede Spur. Aber das musste nicht bedeuten, dass dieser Mann noch am Leben war. Vielleicht hatte sich in dem Ferienhaus ein Eifersuchtsdrama abgespielt. Doch wo war die Leiche? Hatte Fuchs den vermeintlichen Ehemann seiner Angebeteten vielleicht an einem abgelegenen Ort getötet, um dann bei Nina freie Bahn zu haben?

Die Kommissarin hoffte, dass der Verdächtige nach einer Nacht in der Ausnüchterungszelle nicht auf stur schalten würde. An diesem Morgen wurden außerdem die Kriminaltechniker erwartet, die mit der Fähre von Emden aus auf die Insel kamen. Es gab also für Mona und ihren Kollegen genug zu tun. Zunächst mussten die beiden ihrem Chef einen Zwischenbericht erstatten. Mona und Enno gingen gemeinsam zu Oltbeck, nachdem die Ermittlerin an ihrem Arbeitsplatz eingetroffen war.

Die Miene des Vorgesetzten hellte sich auf, als er von der Verhaftung eines Mordverdächtigen erfuhr: »Ausgezeichnete Arbeit, Frau Sander und Herr Moll! Und der entscheidende Hinweis kam vom Vater des Opfers, sagen Sie? Nun, dieser Herr Tresser wird schon wissen, wer es auf seine Tochter abgesehen hatte, nicht wahr?«

Enno schränkte ein: »Noch sehe ich den Zusammenhang mit den Ferienhausbetrügereien nicht.«

Der Chef lachte – so, als ob der Oberkommissar unfreiwillig einen Scherz gemacht hätte: »Vielleicht liegt das daran, dass es so eine Verbindung gar nicht gibt! Haben Sie einmal daran gedacht? Außerdem habe ich sowieso nicht verstanden, warum dieses angebliche Ehepaar Ullrichs in das Ferienhaus eingezogen ist. Angenommen, sie wollten wirklich als Amateurdetektive diese Machenschaften aufdecken – warum mieten sie dann selbst ein Objekt bei einem alteingesessenen Borkumer Ferienhausbesitzer? Ich kenne Freerk Jonte seit vielen Jahren, er hat ganz gewiss eine weiße Weste.«

»Das verstehe ich auch noch nicht«, begann Enno, doch Oltbeck fiel ihm ins Wort: »Wollen Sie nicht die Kriminaltechniker vom Fähranleger abholen? Dann müssen Sie sich jetzt fast schon beeilen, wenn Sie die Kollegen nicht warten lassen wollen. Und nach dem Verhör mit Oliver Fuchs blicken Sie ganz bestimmt schon besser durch.«

Mit diesen Worten beendete der Vorgesetzte die Besprechung. Für Mona gab es keinen Zweifel daran, dass Oltbeck sich auf Ninas aufdringlichen Arbeitskollegen als Hauptverdächtigen konzentrierte. Und sie musste sich selbst eingestehen, dass ihr außer Malte Ullrichs und möglicherweise Ulf Riem kein vielversprechender Kandidat einfiel. Und von dem Ex-Freund Riem wussten die Kommissare noch nicht einmal, ob er zur fraglichen Zeit überhaupt auf Borkum gewesen war.

Die beiden nahmen diesmal den VW Transporter, weil sie das Kriminaltechnikteam chauffieren mussten. Sie fuhren auf der schnurgeraden Reedestraße Richtung Hafen. Mona ließ ihre Blicke nachdenklich über die weiten grünen Wiesen schweifen.

»Hältst du Fuchs für unschuldig, Enno?«

»Ein Chorknabe ist er ganz gewiss nicht, und für den Angriff auf uns wird er sich auf jeden Fall verantworten müssen. Wir sollten seinen Namen durch die Datenbanken jagen, bevor wir ihn verhören. Vielleicht ist der Herr ja schon einmal polizeilich in Erscheinung getreten. – Aber ich kann mir nicht vorstellen, dass der Mord an Nina von einem verschmähten Liebhaber durchgeführt wurde. Da muss mehr dahinterstecken. Wenn die junge Frau wirklich die Ferienhausbetrüger enttarnt hat, ging es um sehr viel Geld. Und nur mal angenommen, dass Fuchs wirklich der Täter war – warum ist dann Ullrichs spurlos verschwunden?«

Die Ermittlerin erzählte von ihrer Theorie, die sie auf dem Weg zur Arbeit entwickelt hatte. Der Ostfriese pfiff durch die Zähne und entgegnete: »Ein Doppelmord? Ja, das wäre eine teuflisch raffinierte Variante – und zwar vor allem deshalb, weil durch Ullrichs' spurloses Verschwinden der Verdacht sofort auf Ninas angeblichen Ehemann fällt. Wenn wir ehrlich sind, hatten wir diese Person auch sofort im Visier.«

Mona sagte: »Das ist ja auch naheliegend, oder? Allerdings frage ich mich, warum im Haus nirgendwo Kampfspuren zu sehen waren.«

»Wäre ich an Fuchs' Stelle gewesen, dann hätte ich Ullrichs irgendwo allein abgepasst, am besten schon am Vorabend«, entgegnete der Ostfriese. »Von der Norderreihe aus ist es nicht weit bis zu den Norddünen. Dort gibt es viele finstere Ecken, wo du nach Einbruch der Dunkelheit keine lästigen Zeugen fürchten musst. Fuchs befindet sich schon einige Tage lang auf Borkum. Er hatte genügend Zeit, um sich die Umgebung genau anzuschauen. Er könnte Ullrichs getötet und irgendwo in den Dünen vergraben haben.«

»Zum Glück bist du Polizist und kein Krimineller geworden«, gab Mona mit einem Lächeln zurück. »Deine Annahme ist furchteinflößend, weil sie so leicht umzusetzen ist. Fuchs hätte auf diese Weise nicht nur seinen vermeintlichen Rivalen ausschalten, sondern uns auch noch einen Mordverdächtigen auf dem Präsentierteller anbieten können.«

Enno hob den rechten Zeigefinger. Er betonte: »So perfekt, wie es zunächst erscheint, ist dieser zweite Mord nicht über die Bühne gegangen. Im Ferienhaus befinden sich nämlich noch zahlreiche Textilien, die Ullrichs gehören. Zumindest hast du das erzählt.«

»Ja, er hat bei seiner Flucht offenbar alles zurückgelassen. Oder Fuchs hielt es nicht für nötig, die Kleider seines Opfers zu entsorgen.«

»Und gerade diese Tatsache könnte ihm das Genick brechen, Mona! Wenn wir nämlich einen Leichenspürhund anfordern, muss das gute Tier nur kurz an einem T-Shirt oder Hemd riechen, um uns im Handumdrehen zu dem verscharrten Körper zu führen.«

»Ja, das wird funktionieren«, meinte die Kommissarin. »Ich hoffe, dass Fuchs ansprechbar ist, wenn wir zur Dienststelle zurückkehren.«

Zunächst mussten die Ermittler sich um die Kollegen vom Festland kümmern. Als sie den Hafen erreichten, hatte die große Autofähre bereits angelegt. PKWs und Lastwagen verließen wie Perlen auf einer Schnur den stählernen Schiffsrumpf, und die nicht motorisierten Passagiere betraten über die Gangway Borkumer Boden. Auf der anderen Seite der Sperre warteten die abfahrenden Urlauber darauf, an Bord gelassen zu werden. Obwohl dieser Anblick für Insulaner alltäglich war, fand Mona die Atmosphäre am Fährhafen immer wieder spannend und interessant. Momentan konzentrierte sie sich allerdings darauf, nach den Kriminaltechnikern Ausschau zu halten. Da das Team schon früher Einsätze auf der Nordseeinsel gehabt hatte, kannte man sich. Mona winkte den Spezialisten zu, als sie zwei von ihnen unter den vielen anderen Reisenden entdeckt hatte. Gleich darauf begrüßten die Kommissare das ganze Team. Auf der Rückfahrt zum Ort berichtete die Kommissarin vom bisherigen Ermittlungsstand.

»Diese Masche mit den falschen Vermietungen muss ein riesiger Markt sein«, meinte einer der Oldenburger Kollegen. »Es ist schlimm genug, dass immer noch Menschen auf solche Betrüger hereinfallen. Wenn die junge Frau diese Verbrecher wirklich entlarvt hätte, wäre sie über Nacht berühmt geworden.«

»Nina Trassers Notebook ist spurlos verschwunden«, sagte Enno. »Dennoch wäre es möglich, dass irgendwo im Ferienhaus Datenträger versteckt sind – USB-Sticks oder so etwas. Haltet bitte verstärkt nach solchen Gegenständen Ausschau.«

»Wird gemacht«, lautete die Antwort von einem Kriminaltechniker.

Der Oberkommissar bog in die Norderreihe ein. Freerk Jonte hatte Enno einen Hausschlüssel überlassen, sodass er für das Team aufsperren konnte. Die Spezialisten schlüpften in ihre weißen Schutzanzüge und begannen mit der Arbeit. Sie wollten sich bei den Ermittlern melden, sobald sie ihre Untersuchungen beendet hatten. Mona und Enno kehrten zur Polizeistation zurück.

»Wie geht es unserem Logiergast?«, fragte die Kommissarin, als sie das Wachlokal betraten.

Grietje lachte und antwortete: »Der Typ plagt sich mit dem Kater seines Lebens herum, wenn ihr mich fragt. Jedenfalls bat er mich um eine Kopfschmerztablette. Die hat er natürlich gekriegt, ich bin ja kein Unmensch. Außerdem habe ich für ihn ein paar von meinen legendären Jagdwurststullen geschmiert und ihm einen Pott Tee gekocht. Er hatte wohl Appetit, jedenfalls hat er alles verputzt. Und auch bei sich behalten, andernfalls hätte ich es gehört oder gerochen.«

»Danke für die plastische Schilderung«, meinte Mona grinsend. »Führst du den Verdächtigen dann bitte in den Verhörraum?«

»Jawohl, Mylady«, gab die junge Polizeimeisterin frech zurück.

Während Enno schon mal die Anlage für Audioaufnahmen prüfte, ging seine Kollegin noch kurz in ihr Büro und ließ den Namen Oliver Fuchs durch die polizeilichen Datenbanken laufen. Doch die Suche verlief ergebnislos. Entweder war er noch nie mit dem Gesetz in Konflikt geraten oder man hatte ihn einfach nicht erwischt. Und in Bremen lag keine Strafanzeige gegen ihn vor, obwohl er doch angeblich Nina Tresser belästigt haben sollte. Vermutlich hatte sie versucht, sich ihm durch einen Umzug nach Hamburg zu entziehen. Mona ging zum Verhörraum und berichtete, was sie herausgefunden hatte. Sie fügte hinzu: »Das verstehe ich nicht, Enno. Warum hat Nina gegen Fuchs nicht die Hilfe des Gesetzes gesucht, bei ihrem Ex-Freund Ulf Riem aber schon?«

»Darüber können wir nur spekulieren«, antwortete der Oberkommissar. »Vielleicht glaubte sie, Fuchs ohne fremde Hilfe loswerden zu können, während sich Riem als penetranter erwies.«

Die Kommissare konnten das Thema jetzt nicht vertiefen, denn Grietje brachte Fuchs herein. Die Polizistin verdrehte hinter seinem Rücken die Augen und hielt sich demonstrativ die Nase zu. Doch auch ohne diese Mimik hätten die Ermittler den Körpergeruch des Mannes bemerkt. Offenbar hatte er während der Nacht den größten Teil des konsumierten Alkohols wieder ausgeschwitzt.

Fuchs ließ sich auf einen Stuhl fallen, und Mona schaute sich den Verdächtigen genau an. Bei der Verhaftung war dazu keine Gelegenheit gewesen – da kam es nur darauf an, ihm so schnell wie möglich Handschellen anzulegen.

Der Verdächtige hatte mittelblondes halblanges Haar, das momentan wirr von seinem Kopf abstand. Seine fahle Gesichtsfarbe war vermutlich eine Folge des übermäßigen Alkoholkonsums. Für einen ausgesprochenen Frauentyp hielt Mona ihn nicht, doch mit seinem schmalen Kopf und seinem drahtigen Körperbau konnte er gewiss bei manchen Damen landen. Sie schätzte ihn auf Ende dreißig oder Anfang vierzig.

Enno stellte seine Kollegin und sich selbst nun offiziell vor. Er fragte, ob der Verdächtige einen Rechtsanwalt hinzuziehen wollte. Dies lehnte Fuchs ab. Daraufhin sagte der Ostfriese: »Wie Sie wollen. – Sie wissen, warum Sie in der vorigen Nacht unser Gast waren, Herr Fuchs?«

Ein scheues Lächeln erschien auf den schmalen Lippen des Verdächtigen.

»Ehrlich gesagt – nein, Herr Moll. Ich fürchte, dass ich mich ein wenig danebenbenommen habe. Falls das der Fall war, möchte ich mich aufrichtig dafür entschuldigen.«

Mona runzelte die Stirn.

»Ein tätlicher Angriff auf Polizeibeamte ist kein Kavaliersdelikt, Freundchen!«

Den Mordverdacht erwähnte sie zunächst nicht, denn diese Tat konnten sie dem Verdächtigen noch nicht zweifelsfrei nachweisen. Es kam ihr zunächst darauf an, eine Verbindung zu ihm herzustellen und ihn dauerhaft zum Reden zu bringen.

Fuchs schien ernsthaft bestürzt zu sein.

»Das habe ich getan? Hoffentlich wurde niemand ernsthaft verletzt! Ich muss zu meiner Schande gestehen, dass ich mich an nichts mehr erinnern kann.«

Die Kommissarin fragte sich, ob der Verdächtige sie und ihren Kollegen auf den Arm nehmen wollte. Doch in ihrem Beruf hatte sie schon oft genug mit Betrunkenen oder Personen unter Drogeneinfluss zu tun gehabt. Es war nicht unwahrscheinlich, dass Fuchs wirklich unter einem teilweisen Gedächtnisverlust litt. Immerhin hatte er am Vorabend 1,2 Promille im Blut gehabt, wie der Bericht des Amtsarztes besagte. Mona hatte ihn zwischen der anderen Dienstpost auf ihrem Schreibtisch gefunden. Die Stimme des Oberkommissars riss sie aus ihren Überlegungen: »Wissen Sie denn noch, warum Sie so tief ins Glas geschaut haben?«

»Ich trinke selten Hochprozentiges, daher kann ich nicht gut einschätzen, wie viel ich vertrage«, behauptete Fuchs. Mona beugte sich vor.

»Nina Tressers Anwesenheit auf Borkum hat Sie nicht zufällig zur Flasche greifen lassen?«

Einen Moment lang blieb die Frage der Ermittlerin unbeantwortet. Dann schenkte der Verdächtige ihr einen treuherzigen Blick.

»Ich weiß nicht, wer das sein soll.«

»Sie sind ein miserabler Lügner, Herr Fuchs!«, fauchte Mona. »Denken Sie wirklich, wir hätten unsere Hausaufgaben nicht gemacht? Nina war Ihre Arbeitskollegin in dem Callcenter. Wegen Ihnen hat sie den Job hingeworfen und Bremen verlassen, wollen Sie das leugnen?«

Der Verdächtige starrte die Kommissarin an, als ob er einen Geist sehen würde. Sie hatte schon öfter erlebt, dass Kriminelle die Borkumer Inselpolizei schlicht und einfach nicht für voll nahmen. Umso größer war dann das Entsetzen der Ganoven, wenn Mona und ihre Kollegen den Verbrechern das Handwerk legen konnten.

Es dauerte einen Augenblick, bis sich Fuchs wieder gefangen hatte. Er sagte: »Sie haben recht, ich hätte bei der Wahrheit bleiben sollen. Aber die Fakten sind einfach zu entsetzlich.«

»Wie meinen Sie das?«, hakte Mona nach. Fuchs rang nach Atem.

»Nina – sie lebt nicht mehr!«, stieß er hervor.

Kapitel 8

Die Kommissarin und ihr Kollege schauten einander an. Wollte der Verdächtige sich über sie lustig machen? Doch Fuchs' Gesichtsausdruck ließ nicht darauf schließen, dass ihm nach Scherzen zumute war. Er wirkte nun angespannt, sein linkes Augenlid zuckte nervös. Eine solche Reaktion ließ sich gewiss nicht simulieren. Zweifellos hatte Ninas gewaltsamer Tod diesen Mann erschüttert. Die entscheidende Frage lautete, ob er mit dem Kerzenleuchter zugeschlagen hatte oder nicht. Mona wusste, dass ihre Zunge oft genug schneller war als ihr Verstand. Darum zwang sie sich dazu, dreimal tief durchzuatmen, bevor sie den Mund öffnete: »Wir haben Ihnen bereits bei der Verhaftung mitgeteilt, dass wir Sie des Mordes an Nina Tresser verdächtigen.«

»Daran kann ich mich nicht erinnern. Sie wissen doch, wie betrunken ich war«, gab Fuchs kleinlaut zurück. Er fügte hinzu: »Aber ich habe Nina ganz bestimmt nicht getötet!«

»Das wissen Sie also noch?«, hakte Enno nach.

»Ja, Herr Moll. Zu der Zeit war ich stocknüchtern. Ich habe mich ja volllaufen lassen, *weil* ich diesen schrecklichen Anblick vergessen wollte.«

»Erzählen Sie der Reihe nach, und bleiben Sie diesmal bei der Wahrheit«, forderte Mona. »Woher wussten Sie überhaupt, dass Nina Tresser unter falschem Namen gemeinsam mit einem gewissen Malte Ullrichs ein Ferienhaus auf Borkum gemietet hatte?«

Der Verdächtige antwortete nicht sofort. Ob er sich jetzt eine möglichst überzeugende Lügengeschichte ausdachte? Als die Kommissarin schon ungeduldig wurde, begann er zu sprechen: »Ich hatte mich wirklich in Nina verliebt, schon bei unserem ersten Zusammentreffen in dem Callcenter. Sie war so lustig und unbeschwert, und ihr gutes Aussehen spielte natürlich auch eine Rolle. Leider zeigte sie mir von Anfang an die kalte Schulter, wollte nichts von mir wissen.«

»Kommen Sie auf den Punkt!«

»Ich schäme mich für das, was ich getan habe, Frau Sander. Darum druckse ich jetzt herum. – Also, ich kenne mich ganz gut mit Computern und Programmen und so weiter aus. Es gelang mir, in einem unbeobachteten Moment ein Spionage-Tool auf Ninas Smartphone zu installieren.«

»Sie konnten also die Textnachrichten der jungen Frau mitlesen?«, vergewisserte der Oberkommissar sich. »Und Sie wussten auch, wo sie sich jeweils aufhielt?«

Fuchs atmete tief durch. »Ja, so funktioniert das. Ich verachtete mich selbst, das müssen Sie mir glauben. Oft genug habe ich versucht, das Programm einfach nicht zu benutzen. Als Nina dann den Job im Callcenter hinwarf und nach Hamburg ging, wollte ich sie vergessen. Aber ich schaffte es nicht. Es war wie eine Sucht. Aus der Ferne verfolgte ich weiterhin alles, was sie tat. Und als ich mitbekam, dass sie mit diesem Ullrichs zusammen als Ehepaar getarnt ein Ferienhaus auf Borkum anmieten wollte, platzte ich fast vor Eifersucht. Bevor ich wusste, was ich tat, hatte ich mir ein Zimmer in dieser Pension gebucht. Natürlich achtete ich darauf, möglichst in ihrer Nähe zu sein. Darum suchte ich eine Unterkunft unweit der Norderreihe.«

»Und was wollten Sie tun, wenn Sie Nina hier auf der Insel begegneten?«

»Darüber habe ich mir noch keine Gedanken gemacht«, behauptete der Verdächtige.

Wer es glaubt, wird selig, dachte Mona. Sie fragte: »Kommen wir auf den gestrigen Morgen zu sprechen. Was haben Sie im Zeitraum zwischen acht und neun Uhr unternommen?«

Fuchs antwortete: »Ich wollte eine Gelegenheit abpassen, um mit Nina allein zu sprechen. Das hatte bisher nicht geklappt, denn ich bekam sie nicht zu sehen. Wahrscheinlich wich Ullrichs nie von ihrer Seite. Ich hoffte, frühmorgens eine Chance zu bekommen. Es war kurz nach acht Uhr, als ich die Pension verließ und zur Norderreihe hinüberging. Im Haus war es still – für meinen Geschmack zu still. Fragen Sie mich bitte nicht, aus welchem Grund ich plötzlich ein ganz mieses Bauchgefühl bekam. Ich klingelte jedenfalls nicht an der Tür, sondern schlich ums Haus und linste vorsichtig durch ein Fenster. Und – da sah ich Nina tot auf dem Boden liegen!«

Für einen Moment herrschte Stille in dem Verhörraum. Mona versetzte sich gedanklich in das Ferienhaus. Man hätte die Leiche wirklich von außen erblicken können, die Sicht wurde nicht durch ein Möbelstück versperrt. Trotzdem konnte der Verdächtige sie mit seiner Version nicht überzeugen. Sie schüttelte den Kopf und entgegnete: »Woher wussten Sie, dass die Frau nicht mehr lebte?

Vielleicht war sie schwer verletzt und hätte dringend ärztliche Hilfe gebraucht? Warum haben Sie keinen Rettungswagen gerufen?«

Fuchs schaute die Ermittlerin entgeistert an. Hatte er nicht damit gerechnet, dass ihn solche Einwürfe erwarten würden?

»Ich habe gespürt, dass Nina nicht mehr lebt«, brachte er stammelnd hervor.

Mona platzte heraus: »So etwas Dummes habe ich schon lange nicht mehr gehört! Wahrscheinlich konnten Sie auch per Telepathie ihren Pulsschlag messen, oder?«

Der Oberkommissar berührte unter dem Tisch kurz mit seinem Schuh ihr Schienbein. Sie wusste, was dieses unmissverständliche Signal zu bedeuten hatte:

Beruhige dich bitte!

Mit gedämpfter Lautstärke fuhr Mona fort: »Wollen Sie erfahren, wie ich es mir vorstelle? Sie haben gestern früh in der Nähe des Ferienhauses gelauert, bis Ullrichs fortging. Vielleicht wollte er nur Brötchen holen, was weiß ich. Sie klingelten, Nina öffnete Ihnen völlig arglos. Sie war perplex, als sie ihren aufdringlichen Liebhaber aus Bremen so unerwartet wiedersah. Und Nina beging den Fehler, Sie ins Haus zu lassen. Sie redeten mit Engelszungen, offenbarten vielleicht sogar Ihre tiefsten Gefühle. Doch die Frau wollte nach wie vor nichts von Ihnen wissen. Da brannten bei Ihnen die Sicherungen durch. Sie griffen sich den Kerzenleuchter und schlugen zu. Ihnen wurde plötzlich bewusst, was Sie getan hatten …«

Fuchs fiel ihr ins Wort: »Hören Sie auf! So ist es nicht gewesen!«

Sein Gesichtsausdruck sprach Bände. Er schien wirklich unter Monas Vermutungen zu leiden – aber aus welchem Grund? Hatte die Kommissarin den Nagel auf den Kopf getroffen oder fühlte der Verdächtige sich zu Unrecht beschuldigt? Die Ermittler ließen ihm etwas Zeit zum Verschnaufen. Dann sagte Enno: »Ich muss meiner Kollegin zustimmen, Ihre Aussage klingt nicht sehr schlüssig. Sie behaupten, in Nina verliebt gewesen zu sein. Hätten Sie sich dann nicht vergewissern müssen, ob es nicht vielleicht noch eine Hoffnung für die Frau gab?«

»Die Ärmste lebte nicht mehr, das konnte man deutlich erkennen«, murmelte Fuchs mit tonloser Stimme. Mona war immer noch nicht sicher, ob er eine Show abzog oder Ninas Tod wirklich bedauerte. Doch selbst wenn es ihm leidtat, konnte er trotzdem der Täter sein –

wenn er nämlich plötzlich rotgesehen und zugeschlagen hatte, ohne über die Folgen nachzudenken.

Die Kommissarin versuchte, ihm eine goldene Brücke zu bauen: »Vielleicht waren Sie außer sich, weil Sie in Nina Ihre große Liebe sahen. Plötzlich überkam Sie eine unkontrollierbare Wut und Frustration …«

Fuchs fiel ihr ins Wort: »Ich ahne, was Sie vorhaben, Frau Sander. Und wenn ich Nina getötet hätte, würde ich ein Geständnis ablegen – allein schon, um mein Gewissen zu erleichtern. Aber ich bin es nicht gewesen.«

»Dann erzählen Sie uns doch einfach, was Sie taten, nachdem Sie die Leiche entdeckten«, schlug Enno vor.

Der Verdächtige nickte und sagte: »Ich handelte wie in Trance. Ich weiß nicht, ob ich länger als eine Minute bewegungslos vor dem Fenster gestanden habe. Weinen oder schreien konnte ich nicht, obwohl mir danach zumute war. Irgendwann setzte ich die Füße voreinander und kehrte zur Pension zurück. Dort wurde gerade Frühstück serviert. Ich aß und trank wie ein Roboter. Später ging ich dann zum Strand, um durch die frische Seeluft wieder zur Besinnung zu kommen.«

Seine große Liebe wird totgeschlagen, und er schmiert sich ein Marmeladenbrötchen?, dachte Mona. Sie hatte selten eine so unglaubwürdige Behauptung gehört. Ihr war bekannt, dass Menschen auf die unterschiedlichsten Arten mit Trauer und Verlust umgingen. Doch diesem Mann musste bewusst sein, dass er unter Mordverdacht stand. Und – sie hielt ihn nicht für dumm. Fuchs konnte sich denken, wie seine Aussage auf die Ermittler wirken musste. Immerhin hatten seine Angaben einen großen Vorteil: Sie ließen sich nachprüfen. Mona erinnerte sich, dass Rita Kolbe bereits ausgesagt hatte, dass Fuchs am Tag des Mordes beim Frühstück in der Pension gewesen war. Jetzt mussten die Ermittler nur noch die genaue Uhrzeit in Erfahrung bringen.

»Kommen wir auf Malte Ullrichs zu sprechen«, sagte Enno. »Ist Ihnen bekannt, wo diese Person sich aufhält?«

»Das weiß ich leider nicht, Herr Moll.«

»Sind Sie Ullrichs während Ihres Aufenthalts auf Borkum oder bei einer anderen Gelegenheit begegnet?«

»Nicht, dass ich wüsste.«

»Ist Ullrichs sein richtiger Name?«, hakte der Oberkommissar nach. »Nina Tresser nannte sich ja dem Vermieter gegenüber Diana Ullrichs, und dabei handelt es sich eindeutig um einen Decknamen. Wie steht es mit ihrem vermeintlichen Ehemann?«

»Ich habe keine Ahnung.«

»Und das, obwohl Sie das Smartphone Ihrer Angebeteten angezapft haben?«, spottete Mona. Fuchs ging nicht auf ihre Provokation ein.

»Es mag unglaubwürdig klingen, Frau Sander, aber es ist die Wahrheit. Dieser Ullrichs interessierte mich nicht. Ich kann mir auch nicht vorstellen, dass Nina echte Gefühle für ihn entwickelte.«

»Dann können Sie uns wohl auch nicht sagen, aus welchem Grund die beiden sich als Ehepaar ausgaben?«, bohrte die Kommissarin nach.

»Nina wollte ja diese Ferienhausbetrüger entlarven. Und es erschien ihr wahrscheinlich glaubwürdiger, ein solch großes Objekt nicht als alleinreisende Frau zu mieten. So gesehen war Ullrichs vielleicht nur ein Strohmann.«

Mona hatte bereits ähnliche Überlegungen angestellt, doch das brachte sie nun auch nicht weiter. Falls Ullrichs wirklich durch Fuchs' Hand gestorben war, würde sich das mithilfe von Ennos Idee herausfinden lassen.

»Wir müssen Sie noch erkennungsdienstlich behandeln«, erklärte die Kommissarin. »Und wenn Sie unschuldig sind, haben Sie gewiss nichts gegen eine freiwillige DNA-Probe einzuwenden.«

»Das können Sie gern machen, ich muss mich nicht vor der Justiz fürchten.«

Auf diesen Satz ging Mona nicht ein. Stattdessen holte sie ein Teströhrchen und entnahm in Fuchs' Rachen mit einem langen Wattestäbchen eine Speichelprobe. Diese konnten die Kriminaltechniker später für einen möglichen Abgleich ins Labor mitnehmen.

Die Kommissarin kam auf einen anderen Punkt zu sprechen: »In Ihrem Pensionszimmer steht ein Notebook. Gehört es Ihnen?«

»Ja.«

»Haben Sie etwas dagegen, wenn wir uns davon überzeugen?«

»Ich habe nichts zu verbergen, Frau Sander. Das Gerät ist nicht passwortgeschützt, Sie können also alle Dateien überprüfen.«

Das werde ich tun – darauf kannst du dich verlassen, dachte die Ermittlerin.

»Unsere Kollegin wird Sie jetzt erkennungsdienstlich behandeln«, erklärte Enno. »Währenddessen überprüfen wir Ihr Alibi für die Zeit des Mordes. Wenn Sie die Wahrheit gesagt haben, wird Ihr genetischer Fingerabdruck nirgendwo im Ferienhaus zu finden sein, also auch nicht auf der Tatwaffe.«

»Es ist gut, wenn ich meine Unschuld beweisen kann«, erwiderte Fuchs. »Ich habe das Haus niemals betreten.«

Er wirkte gelassen, doch davon ließ Mona sich nicht blenden. Sie hatte schon öfter erlebt, dass Kriminelle sich in Sicherheit wiegten, weil sie alle Spuren beseitigt zu haben glaubten. Und dann fielen sie aus allen Wolken, wenn die Polizei ihnen die Tat aufgrund von Indizien zweifelsfrei nachweisen konnte. Die Kommissarin stand auf und holte Grietje, damit die Polizeimeisterin die Fingerabdrücke des Verdächtigen nahm sowie die übrigen erkennungsdienstlichen Prozeduren abspulte. Als Grietje und Fuchs den Verhörraum verlassen hatten, fragte Mona: »Was denkst du über unseren Logiergast? Haben wir den Mörder bereits verhaftet?«

»Das wird sich zeigen, sobald wir die Spuren auf der Tatwaffe mit seinen Prints vergleichen können. Auf jeden Fall finde ich es mehr als seltsam, dass er nach der Entdeckung einer blutigen Leiche in aller Seelenruhe gefrühstückt haben will. Andererseits ist diese Behauptung so abwegig, dass sie schon wieder wahr sein könnte. Lügen hören sich nämlich oft plausibler an als Tatsachen.«

»Damit hast du wohl recht«, gab die Ermittlerin lächelnd zurück. »Wir teilen uns auf, einverstanden? Du befragst noch einmal Frau Kolbe. Vielleicht erinnert sie sich ja noch genauer an die Zeit, zu der Fuchs gestern beim Frühstück erschienen ist. Außerdem könntest du dir das Notebook anschauen. Es wird sich hoffentlich schnell feststellen lassen, ob es Fuchs oder Nina gehört. Und ich laufe rüber zur Norderreihe und nehme die Fingerabdruck-Datei mit, sobald Grietje mit dem Kerl fertig ist.«

Mit diesem Vorschlag war Enno einverstanden. Fuchs wurde einstweilen wieder in die Arrestzelle gesperrt, nachdem die erkennungsdienstliche Behandlung abgeschlossen war. Als Mona zum Ferienhaus ging, nahm sie auch Ninas Smartphone mit. Das Team hatte die Spurensicherung noch nicht abgeschlossen. Die Kommissarin wandte sich an den Leiter der Spezialistengruppe. Sie gab ihm das Mobiltelefon und sagte: »Auf diesem Gerät befindet sich angeblich eine Spionage-Software. Könnt ihr bitte herausfinden, was für Informationen man damit genau abgreifen kann? Ich muss herausfinden, in welchem Maß ein Verdächtiger über sein späteres Opfer Bescheid wusste.«

»Das machen wir«, lautete die Antwort. »Aber vor Ort fehlt uns dafür das Equipment. Sobald wir wieder in Oldenburg sind, nehme ich mir das Smartphone im Labor vor.«

»Du bist ein Engel. – Und wie sieht es mit der mutmaßlichen Tatwaffe aus?«

Mona stellte diese Frage, während sie dem Kriminaltechniker ins Wohnzimmer folgte. Dort zeugte nur noch ein Blutfleck von der Stelle, wo Nina gelegen hatte. Außerdem waren ihre Umrisse auf den Boden gezeichnet worden. Der Spezialist zeigte auf den bronzenen Kerzenständer: »Falls du und deine Kollegen angenommen habt, dass dies die Tatwaffe ist, dann liegt ihr mit diesem Verdacht goldrichtig. Mehr noch: Wir haben deutliche Fingerabdrücke darauf sicherstellen können. Eine Person hat den Ständer in die Hand genommen und als Schlagwaffe benutzt.«

Er ballte die Faust und unterstrich seine Worte, indem er eine ruckartige Armbewegung von oben nach unten ausführte. Die Kommissarin war aufgeregt. Ob sie jetzt direkt vor der Aufklärung des Mordfalls stand? Sie zeigte dem Kriminaltechniker Fuchs' Fingerabdrücke.

»Es wäre toll, wenn du jetzt sofort einen Abgleich vornehmen könntest«, bat sie. Der Spezialist nickte und nahm einen tragbaren Scanner zur Hand, der die auf der Tatwaffe hinterlassenen Prints mit denen des Hauptverdächtigen abglich. Das Ergebnis war eindeutig.

»Es gibt keine Übereinstimmung«, stellte der Kriminaltechniker fest.

Mona war enttäuscht. Sie musste sich allerdings eingestehen, dass sie diese Möglichkeit zumindest nicht ausgeschlossen hatte. Ihr fiel noch etwas ein: »Wäre es denkbar, dass der Mörder den Kerzenständer nach der Tat abgewischt hat und später eine andere Person das Ding in die Hand nahm?«

Der Spezialist hob die Schultern: »Denkbar ist vieles, Mona. Aber wer würde nach einem blutigen Kerzenständer greifen, der direkt neben einer Leiche liegt?«

Nur jemand, der unbedingt unter Verdacht geraten will, sagte sich die Kommissarin. Nach ihrer Rückkehr ins kriminaltechnische Labor würden die Kollegen die sichergestellten Fingerabdrücke durch sämtliche polizeiliche Datenbanken laufen lassen. Falls der Täter schon im System war, würde man ihn auf diese Weise sofort ermitteln können. Doch bei einem »unbeschriebenen Blatt« sah die Sache schon anders aus.

Irgendetwas stimmte nicht mit Fuchs. Momentan deutete nichts darauf hin, dass er die junge Frau erschlagen hatte. Seine Geschichte konnte wahr sein – zumindest der Teil, dass er die Leiche durch das Fenster erblickt hatte. Doch jeder normal empfindende Mensch hätte in dieser Situation einen Rettungswagen alarmiert. Stattdessen hatte Fuchs sich in die Pension zurückgeschlichen und sich unauffällig verhalten, wenn man von seinem exzessiven Alkoholkonsum absah. Eigentlich musste die Kommissarin ihm sogar dankbar dafür sein, dass er mit einer Flasche nach ihr geworfen hatte. Wenn Fuchs die Kommissare am Vortag freundlich und kooperativ empfangen hätte, wäre die Sache völlig anders ausgegangen. Die Polizei konnte ihm keinen Strick daraus drehen, dass er seiner Angebeteten nachgereist war. Trotzdem war Mona überzeugt davon, dass dieser Mann Dreck am Stecken hatte. Aber Oltbeck würde nur aufgrund ihres Bauchgefühls keine weiteren Maßnahmen genehmigen.

Sie bedankte sich bei den Kriminaltechnikern und machte sich verdrossen auf den Rückweg zur Polizeistation. Ein Blick in Ennos Gesicht bewies ihr, dass er ebenfalls keinen Erfolg gehabt hatte.

»Frau Kolbe hat Fuchs' Geschichte bestätigt«, berichtete der Ostfriese. »Sie erinnert sich genau an die Frühstückszeit, weil er sie um ein hart gekochtes Ei gebeten hat. Und das Notebook ist wirklich nicht passwortgeschützt, insofern stimmt die Aussage unseres Verdächtigen. Ich konnte in dem Gerät keinen Hinweis auf das Mordopfer finden.«

Es blieb den Kommissaren nichts anderes übrig, als den Verdächtigen auf freien Fuß zu setzen. Er hatte einen Job sowie einen festen Wohnsitz, Flucht- oder Verdunkelungsgefahr ließ sich nicht erkennen.

»Wegen des tätlichen Angriffs auf uns bekommen Sie Post von der Staatsanwaltschaft«, erklärte Mona. Sie fügte hinzu: »Sie behaupten, Nina geliebt zu haben. Wenn das stimmt, dann sagen Sie uns bitte alles, was Sie über diese Frau wissen. So können Sie dazu beitragen, dass wir den Mörder fassen.«

»Das würde ich tun«, beteuerte Fuchs. »Falls mir noch etwas einfällt, gebe ich Ihnen Bescheid. Aber momentan kann ich Ihnen nicht helfen.«

Mit diesen Worten verließ er die Dienststelle. Enno schaute ihm nach und sagte: »Da geht er hin, unser Hauptverdächtiger.«

Mona nickte. »Ja, der Chef wird nicht vor Begeisterung Purzelbäume schlagen.«

Kapitel 9

Mit dieser Vermutung behielt die Ermittlerin recht. Als die Kommissare ihrem Vorgesetzten wenig später Bericht erstatteten, war seine schlechte Laune unüberhörbar: »Also haben Sie mit diesem Verehrer des Opfers kostbare Zeit verschwendet, anstatt sich auf Ullrichs zu konzentrieren?«

Mona feuerte zurück: »Falls es Ihnen noch nicht aufgefallen ist – nach Malte Ullrichs wird weiterhin gefahndet! Und dass Fuchs uns verdächtig erschien, hat er sich selbst zuzuschreiben. Immerhin hat er eine Flasche nach mir geworfen. Und übrigens waren Sie selbst der Meinung, dass Nina Tressers Vater wohl am besten wissen müsse, wer seiner Tochter nach dem Leben trachtet!«

»Das ist doch Schnee von gestern«, knurrte Oltbeck gereizt. »Wie wollen Sie weiter vorgehen?«

»Ich werde versuchen, mit Marcel Drechsler Kontakt aufzunehmen.«

»Wer ist denn das schon wieder, Frau Sander?«

»Der Betreiber dieser Enthüllungsplattform Krass Kamel, auf der Nina Tresser die Ferienhausbetrüger entlarven wollte. Vielleicht hat sie ihm schon vorab Einzelheiten verraten, die uns weiterbringen können. – Außerdem bin ich der Meinung, dass wir Fuchs weiterhin im Auge behalten sollten.«

»Wieso das denn? Sie haben mir doch gerade erklärt, dass er nicht mehr unter Mordverdacht steht.«

Die Kommissarin unterdrückte einen Seufzer. Sie hätte ebenso gut gegen eine Wand laufen können. Trotzdem wollte sie zumindest versuchen, ihren Chef zu überzeugen: »Mit diesem Mann stimmt etwas nicht, Herr Oltbeck. Er kennt sich angeblich bestens mit Computern aus, kann sogar seiner Arbeitskollegin heimlich eine Spionagesoftware unterjubeln. Und trotzdem verplempert er seine Zeit mit einem mies bezahlten Job in einem Callcenter? Da stimmt doch etwas nicht.«

Der Dienststellenleiter hob die Schultern. »Vielleicht fehlt ihm einfach nur der Ehrgeiz oder der innere Antrieb, haben Sie einmal daran gedacht? Wie auch immer – ich verbiete Ihnen, diesen Mann weiterhin sinnlos zu durchleuchten. Er war offensichtlich nur unglücklich verliebt, und das ist kein Verbrechen.«

Mona musste sich selbst dazu zwingen, jetzt ihren Schnabel zu halten. Ihr Chef war ein echter Sturkopf. Sie musste ihn durch Beweise überzeugen, anders ging es nicht. Und momentan hätte sie selbst nicht sagen können, weshalb Fuchs ihr nach wie vor verdächtig vorkam.

Enno versuchte, sie aus der Schusslinie zu bekommen: »Wir werden die Fahndung nach Ullrichs verstärken, Herr Oltbeck.«

»Tun Sie das. Bisher konnte ich die Presse halbwegs auf Distanz halten. Aber es wäre gut, wenn wir den Mörder bald dingfest machen könnten – oder es wenigstens feststehen würde, dass er Borkum schon verlassen hat!« Mit diesen Worten beendete der Dienststellenleiter die Besprechung.

Sobald die Ermittler sein Zimmer verlassen hatten, begann Mona mit dem Kopfschütteln: »Habe ich das richtig verstanden? Hauptsache, der Täter ist nicht mehr auf unserer Insel? Hat der Chef jetzt einen neuen Lieblingsheiligen? ›Heiliger Sankt Florian / Verschon mein Haus/zünd andere an‹?«

Enno lachte. »So hat Oltbeck das bestimmt nicht gemeint«, gab er zurück. »Es spricht ja wirklich nichts dafür, dass Ullrichs sich nach dem Mord weiterhin hier befindet. Und wenn er auf das Festland geflohen ist, werden die Kollegen dort ihn früher oder später finden.«

»Deine Zuversicht möchte ich haben.«

»Du bist wahrscheinlich bloß unterzuckert«, mutmaßte der Oberkommissar. »Lass uns Mittagspause machen, danach sieht die Welt schon wieder ganz anders aus.«

Mona zwinkerte ihm zu. »Und du selbst hast nicht zufällig auch Appetit?«, fragte sie betont unschuldig.

Enno klopfte auf seinen runden Bauch und antwortete: »Naja, eine Kleinigkeit könnte nicht schaden.«

Die beiden gingen hinüber zum Inselbahnhof, wo Touristen mit riesigen Rollkoffern auf die Abfahrt der nächsten Kleinbahn warteten. Vor der Touristinformation stand ein Pferdewagen für die große Borkum-Rundfahrt bereit. Die Kommissarin steuerte auf das Bahnhofscafé Lokomotive zu.

»Nanu, heute mal keinen Neptunsalat?«, wunderte sich ihr Kollege.

»Abwechslung erfreut, mein Lieber.«

Die beiden betraten das gemütlich eingerichtete Lokal und nahmen an einem der Fenstertische Platz. Von dort aus hatten sie einen Panoramablick auf den Bahnsteig und den dahinter liegenden Georg-

Schütte-Platz, wo sich einige ältere Urlauber auf den Ruhebänken dem süßen Nichtstun hingaben. Mona bestellte sich einen Windbeutel, Enno wollte ein Stück Ostfriesentorte. Dazu tranken sie gemeinsam eine Kanne Tee.

»Ich bin gespannt, ob Fuchs jetzt abreist«, murmelte die Ermittlerin nachdenklich, während sie ihren Blick über die Menschen mit ihrem Urlaubsgepäck schweifen ließ.

»Warum sollte er das tun, Mona? Der Knabe hat doch sein Pensionszimmer noch bis Ende der Woche gebucht, wenn ich das richtig erinnere.«

»Ja, damit liegst du richtig. Aber versetze dich mal in seine Lage. Du kannst mir nicht erzählen, dass Fuchs hierher gekommen ist, weil ihm Borkum so gut gefällt. Er hatte es auf Nina abgesehen, zumindest behauptet er das.«

»Du glaubst ihm nicht?«, fragte der Oberkommissar direkt.

Seine Kollegin erwiderte: »Ich weiß nicht, was ich von ihm halten soll. Wenn er wirklich so viel für das Mordopfer empfunden hat, müsste er doch jetzt unsere Insel fluchtartig verlassen. Das würde ich zumindest an seiner Stelle tun. Was hält ihn jetzt noch hier? Wenn er durch die Norderreihe geht, kommt er an dem Haus vorbei, in dem Nina ihren letzten Atemzug getan hat.«

»Er muss ja nicht durch diese Straße spazieren. – Aber ich verstehe, worauf du hinauswillst. Du denkst, dass er noch etwas anderes im Schilde führt?«

»Richtig, mein Lieber. Und da Oltbeck uns verboten hat, diese Spur weiter zu verfolgen, werde ich Fuchs in meiner Freizeit weiterhin beobachten.«

»Versprich mir, dass du vorsichtig bist«, bat Enno. »Der Kerl hat bewiesen, dass er bei Gewaltanwendung keine Hemmungen kennt. Es ist wohl besser, wenn ich dich begleite.«

»Das wird nicht nötig sein«, erwiderte Mona schnell. »Was soll Birte denken, wenn du dir mit mir die Nächte um die Ohren schlägst?«

»Meine Frau wird denken, dass wir unsere Arbeit gründlich machen.«

»Also würdest du ihr erzählen, dass wir Überstunden machen müssen? Ich habe zwar keine Eheerfahrung, aber es scheint mir keine gute Idee zu sein, dass du Birte anschwindelst. – Außerdem bist du einfach zu groß für eine effektive Beschattung. Bei meiner geringen

Körpergröße kann ich mich noch in den winzigsten Winkeln verstecken.«

»Also gut, du hast mich überzeugt«, brummte Enno. »Ich werde nicht auf dem Thema herumreiten. Sonst kommst du noch auf die Idee, dass ich dir überhaupt nichts zutraue.«

»Du bist ein Schatz«, erwiderte Mona und warf ihm eine Kusshand zu. Sie verfügte gewiss nicht über so viel Berufserfahrung wie ihr Kollege, konnte aber trotzdem brenzlige Situationen gut einschätzen. Außerdem kannte sie sich inzwischen auf Borkum ganz gut aus und würde sich von Fuchs gewiss nicht in eine Falle locken lassen.

Nun kam die Bedienung und brachte die süßen Köstlichkeiten. Die Kommissare widmeten sich jetzt ganz dem kulinarischen Genuss. Als sie auch ihren Tee ausgetrunken hatten, zahlten sie und kehrten zur Dienststelle zurück. Im Wachlokal wurden die beiden bereits von Grietje erwartet.

»Da seid ihr ja endlich!«, rief die Polizeimeisterin so vorwurfsvoll, als ob die Kriminalisten schon seit Tagen verschollen gewesen wären. Sie fuhr fort: »Hier ist Besuch für euch. Der Herr möchte euch unbedingt sprechen, obwohl ich ihm gewiss auch hätte weiterhelfen können.«

Grietjes Blicke und Körpersprache zeigten, dass sie eindeutig in Flirtlaune war. Sie deutete auf die Holzbank für Besucher, auf der ein junger Mann Platz genommen hatte. Er trug Jeans, ein helles Polohemd sowie lederne Mokassins. Neben ihm stand eine kleine Reisetasche. Der Fremde erhob sich und nickte den Ermittlern zu. Mona erkannte ihn sofort wieder, obwohl sie ihn bisher nur auf Fotos gesehen hatte.

»Moin, Herr Hofer«, sagte sie zu dem Sommerflirt der ermordeten jungen Frau.

Kapitel 10

Die Kommissarin stellte dem Österreicher ihren Kollegen vor. Dann sagte sie: »Gehen wir in unser Arbeitszimmer, dort redet es sich besser.«

»Ich kann euch Tee bringen!«, flötete Grietje.

»Das wäre ganz charmant, vielen Dank«, erwiderte Hofer. Er nahm seine Reisetasche und folgte den Ermittlern in ihr Büro. Auf dem kurzen Weg dorthin stellte Mona sich selbst die Frage, was sein Erscheinen auf Borkum zu bedeuten hatte. Von der österreichischen Hauptstadt bis zu der abgelegenen Nordseeinsel waren es immerhin über tausend Kilometer. Ob er weitere Informationen über das Opfer hatte? Doch die hätte Hofer auch am Telefon oder per Mail mitteilen können.

Sie deutete auf ihren Besucherstuhl, auf dem der Student Platz nahm. Enno kam zu seiner Kollegin herüber und lehnte sich hinter ihr an die Wand, sodass er Hofer ebenfalls im Blickfeld hatte. Von seinem eigenen Schreibtisch aus hätte der Ostfriese den jungen Mann nur halb von hinten sowie im Profil sehen können. Und die beiden Kriminalisten waren sich darüber einig, dass der Gesichtsausdruck und die Mimik eines Menschen mindestens genauso aussagekräftig waren wie seine Worte.

»Ich bin verblüfft, Sie hier zu sehen«, gab sie zu.

Hofer seufzte und erwiderte: »Ihr gestriger Anruf hatte mich wie ein Schlag in die Magengrube getroffen. Mir ist erst jetzt so richtig bewusst geworden, wie sehr Nina mir fehlt. Und ich mache mir große Vorwürfe, weil ich bei ihr nicht richtig am Ball geblieben bin. Ich hätte forscher sein müssen, dann wäre sie vielleicht zu mir nach Wien gekommen und wäre noch am Leben.«

Er machte wirklich einen verzweifelten Eindruck. Aber trotz seiner Weltuntergangsstimmung ließ sich nicht leugnen, dass Adrian Hofer ein gut aussehender junger Mann war. Mona konnte durchaus nachvollziehen, dass ihre junge Kollegin sich spontan in ihn verguckt hatte. Doch das war jetzt nicht das Thema.

»Sie sollten sich nicht selbst zerfleischen«, riet sie ihm. »Am Telefon erklärten Sie mir selbst, dass Nina Tresser ein Freigeist gewesen sei – eine spontan handelnde Frau, die sich nur ungern festlegt.«

Hofer hatte die Hände ineinander verschränkt und die Ellenbogen auf die Knie gestützt. Er saß vorgebeugt, ließ den Kopf hängen und sprach, ohne die Kommissarin anzusehen: »Ja, das stimmt. Wenn Sie Nina gekannt hätten … sie war ein wunderbarer Mensch.«

Mona beschloss, den Stier bei den Hörnern zu packen: »Warum sind Sie nach Borkum gereist?«

»Das weiß ich selbst nicht so genau. Vielleicht will ich einfach besser verstehen, was sich hier ereignet hat. – Konnten Sie den Mörder eigentlich bereits verhaften?«

»Wir dürfen Ihnen über laufende Ermittlungen keine Auskunft geben«, erklärte Enno.

»Also ist der Täter immer noch auf freiem Fuß?«

»Das haben wir nicht behauptet, Herr Hofer«, stellte die Ermittlerin klar. »Wir müssen im Zusammenhang mit Ninas Tod verschiedene Personen befragen. Haben Sie Informationen, die uns weiterhelfen könnten?«

»Ich weiß nicht …«, gab Hofer verzagt zurück.

»War Ihre Freundin beispielsweise fit im Umgang mit Computern? Hätte sie sich als Hackerin betätigen können?«

»Das wäre schon möglich. Nina war intelligent und vielseitig interessiert. Sie …«

Der Student unterbrach sich selbst, denn in diesem Moment klopfte es an der Tür. Grietje kam herein, ein Tablett balancierend. Darauf befanden sich eine Teekanne nebst Stövchen, außerdem drei Tassen, Kandis, Sahne sowie ein Teller mit Sandgebäck. Die Polizeimeisterin hatte offenbar Lippenstift aufgelegt und sich mit Parfüm eingenebelt. Sie stellte das Tablett auf Monas Schreibtisch und warf Hofer einen verheißungsvollen Blick zu.

»Ich wollte nicht stören … lasst es euch schmecken.«

Mit diesen Worten verschwand sie wieder von der Bildfläche. Die Kommissarin goss Tee in die Tassen und gab ihrem hinter ihr stehenden Kollegen eine davon. Die kurze Unterbrechung hatte dem jungen Mann Zeit zum Nachdenken gegeben. Er nahm den Faden wieder auf: »Ich würde Nina durchaus Hackerfähigkeiten zutrauen, aber einen Beweis für eine solche Tätigkeit habe ich nicht.«

Ob diese Aussage der Wahrheit entsprach? Hofer war gebildet. Er musste wissen, dass das Eindringen in fremde Datenbestände eine Straftat darstellte. Machte er sich selbst etwas vor, indem er Nina als einen unschuldigen Engel in Erinnerung behalten wollte?

Die Kommissarin ließ nicht locker: »Sind Sie sicher, Herr Hofer? Möglicherweise hat Nina Trasser solche Methoden benutzt, um Kriminelle bloßzustellen und Informationen über illegale Machenschaften bei Krass Kamel zu veröffentlichen.«

Der junge Mann erschrak sichtlich.

»Glauben Sie, dass meine Freundin deshalb sterben musste?«

»Wir können momentan nichts ausschließen«, erwiderte Mona. Sie schätzte es überhaupt nicht, solche Phrasen von sich geben zu müssen. Doch sie konnte mit einem Leumundszeugen aus der Vergangenheit des Opfers nicht über den aktuellen Ermittlungsstand sprechen. Wenigstens als Täter konnte Hofer ausgeschlossen werden. Die Ermittlerin hatte gleich nach dem Telefonat mit ihm am Vortag eine Mail an die Wiener Hochschule geschickt, um sein Alibi zu überprüfen. Inzwischen war die Antwort eingetroffen: Hofer hatte am Tag des Mordes wirklich an einem Seminar mit Anwesenheitspflicht teilgenommen.

»Ich wünschte wirklich, dass ich Ihnen helfen könnte«, murmelte der Student. Er hörte sich mutlos an.

»Sagt Ihnen der Name Oliver Fuchs etwas?«, fragte die Kommissarin. »Hat Nina diese Person einmal erwähnt?«

»Nicht, dass ich wüsste. – Steht er unter Verdacht, Frau Sander?«

Mona antwortete ausweichend: »Herr Fuchs war ein Kollege von Nina, als sie in Bremen in einem Callcenter arbeitete. – Was haben Sie jetzt eigentlich auf Borkum vor, Herr Hofer?«

»Ich weiß es nicht. Zunächst werde ich mir eine Unterkunft suchen, ansonsten lasse ich mir den Wind um die Nase wehen und versuche, mit dem Verlust fertigzuwerden.«

Die Ermittlerin schaute ihm in die Augen und sagte eindringlich: »Wir werden den Täter zur Rechenschaft ziehen, darauf können Sie sich verlassen. Falls Sie auf die Idee kommen sollten, uns ins Handwerk pfuschen zu wollen – vergessen Sie es. Wir können verstehen, dass Ninas Tod Sie mitnimmt. Doch wir werden auf unserer Insel keine Selbstjustiz dulden!«

Mona fühlte sich selbst nicht gut dabei, dem offenbar seelisch angeschlagenen Studenten eine klare Ansage zu machen. Doch aus ihrer Sicht hatte seine Aussage den Fall nicht wirklich vorangebracht. Ob der wahre Grund für seine Borkumreise darin bestand, mit dem Mörder abrechnen zu wollen? Diese Möglichkeit durfte sie nicht ausschließen.

Enno ergänzte: »Es dürfte nicht ganz einfach sein, spontan eine Übernachtungsmöglichkeit zu finden. Am besten gehen Sie direkt zur Touristinformation – biegen Sie nach dem Verlassen unserer Dienststelle nach links ab und gehen Sie zum Inselbahnhof. Die Touristinformation befindet sich direkt gegenüber.«

Mona gab Hofer eine ihrer Visitenkarten.

»Sie können mich jederzeit anrufen, falls Ihnen noch etwas einfällt«, sagte sie und fügte hinzu: »Außerdem hätte ich auch gern Ihre Mobilnummer.«

Der Student diktierte ihr eine Zahlenfolge. Dann steckte er die Karte ein und erhob sich von seinem Stuhl.

»Danke für den Tee. – Ich hoffe, dass Sie den Schuldigen bald finden.«

Er ging hinaus und schloss die Tür hinter sich. Enno umrundete die beiden Schreibtische und ließ sich auf seinen eigenen Bürostuhl fallen.

»Mona, kannst du dich daran erinnern, ob Grietje jemals zuvor angeklopft hat?«

»Nein, und normalerweise brezelt sie sich auch nicht auf, wenn sie uns mit ihrem Besuch beehrt. Sie sah aus wie in den Tuschkasten gefallen. Was so ein attraktiver Bursche nicht alles bewirken kann. – Aber jetzt mal ernsthaft: Ich habe bei Hofer ein mieses Gefühl.«

Enno meinte: »Du denkst wirklich, dass er das Recht in die eigene Hand nehmen will, oder? Diese Befürchtung kann ich nachvollziehen. Du hast ihm jetzt einen Schuss vor den Bug verpasst, mehr konntest du nicht tun. Vielleicht haben wir ja Glück und es ist kein einziges Gästebett auf der Insel mehr frei.«

»Dann würde unsere junge uniformierte Kollegin ihm garantiert gern Unterschlupf gewähren«, witzelte die Kommissarin düster. Eigentlich war ihr gar nicht nach Scherzen zumute. Die Fahndung nach Malte Ullrichs lief nach wie vor auf Hochtouren. Doch da die Beschreibung des Verdächtigen dürftig war, konnte am Erfolg dieser Maßnahme gezweifelt werden. Die einzige Person mit dem echten Namen Malte Ullrichs schien ein Fahrzeuglackierer aus Diepholz zu sein, der weder vom Alter noch vom Aussehen her als Verdächtiger infrage kommen konnte. Er wurde von den Polizeikollegen vor Ort befragt und konnte ein wasserdichtes Alibi für die Tatzeit vorweisen.

Der Oberkommissar bekam einen Anruf. Er sagte: »Das ist gut, ich komme gleich zu euch.«

Er legte den Hörer wieder auf. Seine Kollegin schaute ihn fragend an.

»Das waren die Kriminaltechniker. Sie sind jetzt mit dem Ferienhaus durch, ich werde sie zur Fähre chauffieren.«

»Alles klar, in der Zwischenzeit versuche ich mal, diesen Strippenzieher bei Krass Kamel zu erreichen«, gab Mona zurück. Als der Ostfriese das Dienstzimmer verlassen hatte, machte sie sich auf die Suche nach Kontaktdaten von Marcel Drechsler. Das erwies sich als gar nicht so einfach. Als sie endlich eine Handynummer herausfand und dort anrief, ergab sich das gleiche Problem wie zuvor bei Adrian Hofer.

»Du willst Kriminalkommissarin sein, und dann noch auf Borkum?«, fragte Drechsler ungläubig. »Gibt es dort überhaupt eine Polizeiwache?«

»Und ob es die gibt!«, wütete Mona. »Wir haben hier auch Arrestzellen – dort kann man Leute einsperren, die wissentlich Mordermittlungen torpedieren!«

Drechsler legte einfach auf. Die Ermittlerin musste sich eingestehen, dass ihr Temperament wieder einmal mit ihr durchgegangen war. Ihre Nerven lagen blank, denn die Suche nach dem Täter wurde immer frustrierender. Sie war sicher, dass Fuchs mehr wusste, als er im Verhör zugegeben hatte. Ob er die Identität des Mörders kannte und ihn deckte? Aber aus welchem Grund? Oder erpresste der ehemalige Arbeitskollege des Opfers den Täter? Mona führte sich noch einmal die Situation am Morgen der Bluttat vor Augen. Vielleicht hatte Fuchs gar nicht gelogen, sondern nur einen Teil der Wahrheit weggelassen. Es war ja vorstellbar, dass er durch das Fenster spähte – und möglicherweise sah er dabei nicht nur Nina, sondern auch ihren Mörder!

Bevor sie diesen Gedanken weiter verfolgen konnte, klingelte ihr Festnetztelefon. Sie meldete sich mit Namen und Dienstgrad.

»Ich habe einen gewissen Marcel Drechsler in der Leitung, der dich sprechen will.«

»Danke, Grietje. Ich weiß leider nicht, ob er genauso gut aussieht wie Adrian Hofer.«

»Sehr lustig, Mona.«

Gleich darauf hatte die Polizeimeisterin die Verbindung hergestellt. Die Kommissarin erkannte Drechslers Stimme sofort wieder: »Sie sind ja wirklich eine Polizeibeamtin! Sie können sich nicht vorstellen, wie viele Spinner sich im Internet herumtreiben und sich wichtigmachen wollen.«

»Doch, das kann ich mir bestens ausmalen. – Sind Sie nun also doch bereit, mit uns zu kooperieren?«, vergewisserte sie sich.

»Grundsätzlich ja. Es ist ja auch eine Bombenwerbung für Krass Kamel, wenn wir zur Aufklärung eines Mordes beitragen können. Was genau hat sich denn abgespielt?«

Die Kommissarin gab dem Plattformbetreiber einige allgemeine Informationen und fügte hinzu: »Für Sie dürfte am wichtigsten sein, dass es sich bei dem Opfer um Nina Tresser handelt. Ich nehme an, dass Ihnen der Name etwas sagt.«

Für einen Moment herrschte Stille. Dann meldete sich Drechsler wieder zu Wort: »Oh, Mann. Das ist hart. Aber ich habe Nina gewarnt. Verbrecher hassen es, wenn man ihre Machenschaften aufdeckt. Ich selbst kriege regelmäßig Morddrohungen. Aber das kratzt mich nicht, solange diese Psychos mich nicht finden.«

»Ich habe nicht lange gebraucht, um mit Ihnen Kontakt aufzunehmen.«

Drechsler lachte, als ob Mona gescherzt hätte. »Das stimmt, Frau Sander. Aber Sie können ja mal spaßeshalber versuchen, diesen Anruf zurückzuverfolgen. Dann landen Sie im datentechnischen Nirgendwo. Und ich befinde mich momentan nicht in Deutschland, sondern in einem warmen Land irgendwo auf der Welt. Unser Server steht übrigens in Turkmenistan.«

»Schön, dann können Sie sich also sicher fühlen«, gab Mona gereizt zurück. »Lassen Sie uns auf Nina Tresser zurückkommen. Hatte sie mit dieser Enthüllungsstory Ihr Interesse wecken können?«

»Ja, durchaus. Diese Betrugsmasche ist ja in Deutschland sehr beliebt, es gibt viele Geschädigte. Das Thema wäre auch etwas für eine große Illustrierte gewesen, doch dort muss man die Namen der Täter ja abkürzen und ihre Gesichter unkenntlich machen. So arbeiten wir bei Krass Kamel nicht, bei uns sind die Schurken in voller Lebensgröße zu sehen.«

»Ich weiß, die Krass Kamel App ist auch auf meinem Smartphone«, gestand Mona.

»Cool, sogar die Polizei ist unser Fan!«, freute Drechsler sich.

»Bilden Sie sich bloß keine Schwachheiten ein, ich schaue mir die Beiträge als Privatperson an. Und juristisch gesehen ist Ihr Vorgehen schlicht illegal – selbst dann, wenn die erwähnten Personen wirklich etwas auf dem Kerbholz haben.«

»Das weiß ich«, gab Drechsler unbeeindruckt zurück. »Was glauben Sie, aus welchem Grund ich in Deutschland nicht zu erreichen bin?«

Dieser Kerl wurde der Kommissarin von Minute zu Minute unsympathischer. Doch sie musste trotzdem versuchen, ihm Informationen über Nina Tressers Recherche aus der Nase zu ziehen. Außerdem hatte sie ein schlechtes Gewissen, weil sie eigentlich gewusst hatte, dass Krass Kamel mit unlauteren Methoden arbeitete. Sie nahm sich vor, die App umgehend zu löschen.

»Also gut, Drechsler – lassen wir die Spielchen! Haben Sie Einzelheiten für mich? Hatte Nina einen konkreten Verdacht gegen Personen, die sie verdächtigte?«

Der Plattformbetreiber antwortete nicht sofort. Als die Kommissarin schon ungeduldig wurde, begann er zu sprechen: »Sie hat keine Namen genannt, das nicht. Sie sagte nur, dass sie einen Mann kennen würde, der in diese Betrügereien verwickelt sei. Allerdings hielt Nina ihn nicht für den Drahtzieher, sondern nur für einen Handlanger. Doch sie wollte über ihn versuchen, an die Hintermänner heranzukommen.«

»Könnte es sich bei dieser Person um Malte Ullrichs handeln, den Nina als ihren Ehemann ausgegeben hat?«

»Sie erzählte mir von dem Plan, undercover auf Borkum ein Ferienhaus zu mieten, um ihre Recherchen abzuschließen. Aber Nina hat die Katze nicht aus dem Sack gelassen. Mit anderen Worten: Ich weiß leider nicht, ob dieser Malte Ullrichs Ihr Mordverdächtiger ist. Wenn es mir bekannt wäre, würde ich es Ihnen mitteilen.«

Ja, so vertrauenswürdig, wie du nun mal bist, dachte Mona. Sie sagte: »Gibt es noch weitere Einzelheiten, die uns weiterhelfen könnten?«

»Ich fürchte, da muss ich passen.«

Die Kommissarin bat Drechsler noch darum, intensiver nachzudenken und sie zurückzurufen, falls ihm noch etwas einfiel. Dann beendete sie das Telefonat. Sie löschte die Krass Kamel App und ärgerte sich darüber, dass sie früher mit diesem Unsinn ihre Zeit verplempert hatte. Mona war immer noch in Gedanken versunken, als Enno zurückkehrte.

»Das Kriminaltechnik-Team ist wieder auf dem Weg Richtung Emden. Ich soll dir ausrichten, dass du einen Anruf bekommst, sobald sie Ninas Smartphone genauer unter die Lupe genommen haben.«

»Das ist gut«, gab seine Kollegin zurück. Sie berichtete von ihrem Telefonat mit Drechsler.

»Ein netter Mensch scheint dieser Kerl ja nicht zu sein«, meinte der Oberkommissar.

»Das kannst du laut sagen, mein Lieber. Wenn er uns keinen Bären aufgebunden hat, dann wissen wir jetzt immerhin, dass Nina eine bestimmte männliche Person im Visier hatte.«

»Eine weibliche Tatverdächtige gibt es momentan sowieso nicht«, stellte Enno trocken fest.

Mona nickte und sagte: »Sind wir uns einig darüber, dass dieser Komplize des Oberbetrügers vermutlich der Mörder ist?«

»Entweder er oder der Drahtzieher selbst«, meinte der Ostfriese. Er fügte hinzu: »Gut, dass Oltbeck gerade nicht anwesend ist. Er würde nämlich sagen, dass wir uns nicht in Spekulationen verlieren, sondern Beweise liefern sollen.«

»Die haben wir ja, nämlich erstklassige Fingerabdrücke auf der Tatwaffe und ein verschwundenes Notebook!«, gab Mona mit einem schiefen Grinsen von sich. »Wenn wir noch den dazu passenden Mörder auftreiben, können wir den Fall sofort abschließen!«

Der Ostfriese schaute auf die Uhr: »Es ist schon Feierabend, heute kommen wir sowieso nicht mehr weiter. Lass uns morgen von Tür zu Tür gehen, in der Norderreihe angefangen. Wir müssen den Suchradius erweitern. Ullrichs kann sich nicht in Luft aufgelöst haben. Irgendjemand muss ihn gesehen haben, nachdem er das Ferienhaus verließ.«

»Ja, das sollten wir tun«, gab seine Kollegin wenig überzeugt klingend zurück. »Ich wünsche dir einen schönen Feierabend.«

»Danke, ebenso.«

Nachdem Enno gegangen war, verließ Mona die Wache durch den Hinterausgang, weil sie keine Lust auf Grietjes mehr oder weniger lustige Sprüche hatte. Ihr Smartphone klingelte. Im Display erschienen die Worte: JAN RUFT AN. Plötzlich fiel ihr ein, dass sie an diesem Abend mit ihrem Freund verabredet war.

»Moin, Mona. Ich wollte nur fragen, wann genau du vorbeischauen willst.«

»Moin, Jan. Ich weiß nicht, ob das heute noch etwas wird.«

»Ach … so.«

Die Enttäuschung in der Stimme ihres Freundes gab ihr einen Stich ins Herz. Sie sagte: »Es tut mir echt leid, aber ich muss einen Mordverdächtigen observieren. So etwas kommt ja zum Glück nicht jeden Tag vor. Ich mache es wieder gut, versprochen.«

»Ich wusste ja, worauf ich mich einlasse, als ich mit einer Polizistin zusammengekommen bin.«

»Also bist du nicht sauer?«

»Nein. Vielleicht macht der große Unbekannte ja einen Fehler, du verhaftest ihn und stehst dann doch noch bei mir auf der Fußmatte.«

Mona lachte.

»Ja, das wäre gut. Ich melde mich später, einverstanden?«

»Aber sicher.«

Mona beendete das Telefonat. Ihr Fahrrad ließ sie stehen, als sie sich auf den Weg zu Fuchs' Pension machte. Es würde noch einige Stunden lang hell bleiben. Aber die Kommissarin wusste, wie sie sich trotzdem so gut wie unsichtbar machen konnte.

Kapitel 11

Die Norderreihe war eine ruhige Wohnstraße, in der sich wegen ihrer Zentrumsnähe etliche Ferienunterkünfte und kleine Pensionen befanden. Es gab allerdings auch einige Häuser, die nach wie vor im Besitz von alteingesessenen Borkumern waren. Ein solches kleines Backsteinhäuschen gehörte einer Witwe namens Wiebke Krüss. Die Kommissarin hatte einige Tage zuvor zufällig mitbekommen, dass Frau Krüss wegen eines Routineeingriffs in eine Klinik auf dem Festland transportiert worden war. Mit anderen Worten: Ihr Haus stand momentan leer.

Natürlich hatte Mona nicht vor, dort einzubrechen. Aber immerhin konnte sie sich auf dem Grundstück aufhalten, ohne eine Störung durch die Besitzerin fürchten zu müssen. Wiebke Krüss' Haus befand sich nämlich schräg gegenüber von der Pension, in der sich Fuchs eingemietet hatte. Die Kommissarin schlenderte zunächst scheinbar ziellos vorbei, um sich die Örtlichkeiten genau anzuschauen. Dann kehrte sie zurück und fand einen idealen Beobachtungsposten. Mona kauerte sich zwischen die vor dem Haus stehende Mülltonne und den Windfang. Falls jemand sie entdecken wollte, musste diese Person unmittelbar vor dem Eingang stehen bleiben. Und die Wahrscheinlichkeit, dass dies geschah, war nicht sehr groß. Die Ermittlerin selbst hatte hingegen ein gutes Blickfeld. Wenn der Verdächtige die Pension verließ, würde Mona ihn auf jeden Fall bemerken.

Lauschend und beobachtend hockte sie in ihrem Versteck. Von weiter entfernten Häusern wehte der Wind TV-Geräusche und Musik zu ihr herüber. Passanten gingen lachend vorbei. Irgendwo hatte jemand Appetit auf Bratfisch. Der Duft zog in Monas Richtung und erinnerte sie schmerzlich daran, dass sie seit dem mittäglichen Windbeutel nichts mehr zu sich genommen hatte. Und Hunger trug stets dazu bei, ihre Laune zu verschlechtern.

Sie fragte sich ernsthaft, ob Fuchs überhaupt noch auf der Insel verweilte. Wenn er spontan abgereist war, verplemperte sie hier nur ihre wertvolle Freizeit. Mona wäre lieber bei ihrem Freund gewesen, als neben einer Mülltonne auf einen Verdächtigen zu warten, der vielleicht niemals auftauchen würde. Natürlich hätte sie einfach zu der Pension hinübergehen und den Inhaber fragen können, ob Fuchs noch anwesend war. Doch bei dem Glück, das sie in letzter Zeit hatte, würde sie in dem Fall wahrscheinlich dem Verdächtigen direkt in die Arme laufen. Also holte sie stattdessen ihr Smartphone hervor und rief in der Pension an. Sie erhielt die gewünschte Auskunft sofort: Fuchs war nicht vorzeitig abgereist und schien dies auch nicht vorzuhaben. Zumindest hatte er laut der Pensionswirtin nichts dergleichen verlauten lassen. Mona beschwor Rita Kolbe, ihrem Gast nichts von dem Telefonat zu sagen.

»Ich kann nicht behaupten, dass ich ihn besonders mag«, lautete die Antwort. »Aber ihr habt ihn ja wieder auf freien Fuß gesetzt, also kann er nicht so gefährlich sein. Außerdem hat er sich tausend Mal bei mir dafür entschuldigt, dass er so betrunken war. Einen riesigen Blumenstrauß hat er mir auch noch geschenkt. Ob es ein Fehler war, ihn weiterhin bei mir zu beherbergen? Nachdem ihr ihn verhaftet habt, ist er jedenfalls wieder lammfromm.«

Mona wollte der Pensionswirtin nicht auf die Nase binden, dass Fuchs weiterhin unter Mordverdacht stand. Also sagte sie nur: »Falls er Schwierigkeiten machen sollte, können Sie mich jederzeit anrufen. Und verraten Sie ihm bitte nicht, dass ich mich nach ihm erkundigt habe.«

»Das werde ich nicht tun«, versicherte Rita Kolbe. »Ich glaube, er hält sich momentan in seinem Zimmer auf.«

Die Kommissarin bedankte sich und beendete das Telefonat. Es stand keineswegs fest, ob Fuchs an diesem Abend überhaupt noch einmal vor die Tür treten würde. Warten gehörte zwar zu den unumgänglichen Tätigkeiten einer Kriminalbeamtin, aber diese Tatsache machte es für Mona nicht einfacher. Sie begann zu zappeln, weil ihr linkes Bein einzuschlafen drohte. Die Minuten zogen sich zäh wie Kaugummi hin. Als die Dämmerung einsetzte, hatte Mona bereits seit einer gefühlten halben Ewigkeit auf ihrem Beobachtungsposten gehockt. Nun setzte zu allem Überfluss auch noch leichter Nieselregen ein. Wenig später war ihre Laune auf dem absoluten Tiefpunkt angelangt. Als die Ermittlerin ernsthaft mit dem Gedanken spielte, die Observierung abzubrechen, trat Fuchs aus dem Pensionseingang.

Er war es, daran gab es keinen Zweifel. Die Straßenbeleuchtung in der Norderreihe war verbesserungsbedürftig. Trotzdem erkannte Mona den Verdächtigen, als er kurz unter der Lampe vor dem Eingang stehen blieb und nach links und rechts schaute. Ob er damit rechnete, verfolgt zu werden? Mona beglückwünschte sich selbst dazu, dass sie so einen guten Unterschlupf gefunden hatte. Sie war hundertprozentig sicher, dass Fuchs sie nicht bemerkt hatte. Und wirklich deutete nichts darauf hin, dass er misstrauisch gewesen wäre. Er schlug nicht die Richtung ein, die zum Inselbahnhof führte. Stattdessen ging der Verdächtige die Norderreihe hoch, um auf die Kaapstraße zu gelangen. Die Kommissarin wartete noch einen Moment, dann folgte sie ihm vorsichtig. Sie musste jederzeit damit rechnen, dass er abrupt stehen blieb und sich zu ihr umdrehte. Darum hielt sie sich möglichst nahe an den Häuserwänden, um sich im Notfall schnell in einen Eingang drücken zu können. Fuchs trug eine dunkle Stoffhose und eine blaue Jeansjacke. Mit dieser Kleidung würde er außerhalb der Lichtkegel von Straßenlaternen schon bald kaum noch zu erkennen sein, denn die Dämmerung schritt immer weiter voran. Mona schätzte, dass der Sonnenuntergang spätestens in einer halben Stunde beendet war. Natürlich gab es unzählige Gründe dafür, um diese Uhrzeit das Ferienquartier noch zu verlassen. Vielleicht wollte Fuchs in einer der zahlreichen Bars und Strandlokale einfach ein Bier zischen. In dem Fall wäre die ganze Observierung sinnlos gewesen. Doch Mona ging das Telefonat mit Drechsler nicht aus dem Kopf. Vielleicht war ja Fuchs der Handlanger jenes geheimnisvollen »Harro Schröder«? Gab es überhaupt einen Beweis dafür, dass Fuchs Nina hoffnungslos geliebt hatte? Nicht wirklich, abgesehen natürlich von seiner eigenen Aussage. Mona beschloss, gleich am nächsten Morgen Kontakt mit dem Bremer Callcenter aufzunehmen, in dem die beiden gearbeitet hatten. Wenn Fuchs nun in Wirklichkeit gar kein verschmähter Liebhaber, sondern ein Komplize von »Harro Schröder« war? Ob er sich jetzt mit seinem Herrn und Meister treffen wollte?

Die Kommissarin merkte selbst, dass die Fantasie mit ihr durchzugehen drohte. Momentan kam es hauptsächlich darauf an, dass sie sich von dem Verdächtigen nicht abschütteln ließ. Und natürlich wollte sie weiterhin unentdeckt bleiben. Was wollte Fuchs noch auf der Insel, nachdem die angeblich von ihm angebetete Nina nicht mehr lebte? Mona hoffte, auf diese Frage während der folgenden Nachtstunden eine Antwort zu bekommen.

Fuchs' Schritte verlangsamten sich, er zögerte. Mona duckte sich blitzschnell hinter eine Hausecke, die von der nächstgelegenen Straßenlaterne nur äußerst spärlich beleuchtet wurde. Doch der Verdächtige drehte sich gar nicht zu ihr um. Stattdessen las er das

Straßenschild. Er befand sich jetzt schon auf der kurzen Kaapstraße und bog links in die Kaapdelle ein. Ob Fuchs zum Strand hinunter wollte? Momentan deutete alles darauf hin. Natürlich war es auch möglich, dass er an einem der Wohnhäuser läutete. Aber die Ermittlerin konnte sich nicht vorstellen, dass der Drahtzieher seinen Komplizen an seinem eigenen heimischen Herd empfangen würde. Eine Verabredung auf neutralem Boden ohne lästige Zeugen wäre für beide gewiss angenehmer. Mona musste unbedingt herausfinden, wen der Verdächtige treffen wollte.

Sie blieb so weit hinter ihm zurück, dass sie ihn gerade noch im Blickfeld hatte. Ihr Herz pochte laut, das Jagdfieber hatte sie gepackt. Nachdem Fuchs in die Kaapdelle eingebogen war, bewegte er sich zügiger Richtung Wasserkante. Schon war das ununterbrochene Rauschen der Brandung zu hören. Der Wind hatte aufgefrischt, die Kommissarin schmeckte das Salz auf ihren Lippen. Rechts von ihr erhob sich die Dünenlandschaft jenseits der Knappschaftsklinik. Von dort aus war es nicht mehr weit bis zum geografisch nordwestlichsten Punkt Deutschlands, der sich nahe der Aussichtsdüne befand. Auf der linken Seite ging es zu den hell beleuchteten Bars der Promenade. Mona glaubte allerdings nicht, dass Fuchs dort eine Verabredung hatte. In den Lokalen mit Nordseeblick und auch auf den Ruhebänken saß man wie auf einem Präsentierteller. Dort überall wäre er neugierigen Blicken ausgesetzt gewesen. Sie vermutete, dass der Verdächtige nicht grundlos erst im Schutz der Dunkelheit losgestiefelt war.

Und ihre Einschätzung schien sich zu bestätigen. Fuchs überquerte mit wenigen schnellen Schritten die Promenade und stieg auf einer der metallenen Treppen zum breiten Sandstrand hinunter. Mona beschleunigte ihre Schritte. Sie musste sich beeilen, wenn sie ihn nicht aus den Augen verlieren wollte, denn unten am Strand war es jetzt schon sehr finster. Ennos warnende Worte hallten wie ein Echo in ihrem Bewusstsein wider. Sie sollte sich nicht unnötig in Gefahr bringen, doch das war leichter gesagt als getan. Ihre Pistole hatte sie jetzt nicht bei sich, denn die Waffe wurde bei Dienstschluss vorschriftsmäßig auf der Polizeiwache eingeschlossen. Zwar führte sie ihren Kripo-Ausweis mit, doch der nützte ihr bei einer Attacke aus dem Hinterhalt herzlich wenig. Ihr blieb also nichts anderes übrig, als sich auf ihre Sinnesorgane und auf ihre Erfahrung zu verlassen.

Das Eisengeländer fühlte sich kalt an. Sie stieg die wenigen Stufen hinab und blieb kurz stehen, um ihre Augen an die schlechten Lichtverhältnisse zu gewöhnen. Vor ihr hatte sich am Horizont die Sonne schon so weit hinter der Nordsee-Wasserlinie abgesenkt, dass man nur noch einen ganz schmalen blutroten Streifen erkennen konnte. Das sah schön aus, doch die Sicht war nun sehr schlecht. Immerhin hob sich Fuchs' Gestalt so weit von dem hellen Sand ab, dass sie ihn nicht aus den Augen verlor.

Die Strandkörbe und -zelte standen weit verteilt wie eine Armee aus erstarrten Märchenriesen, die auf ihren Einsatzbefehl warteten. Mona konnte sie als Deckung benutzen, um näher an den Verdächtigen heranzukommen. Und genau das tat sie jetzt. Die Kommissarin hetzte von einem Korb zum nächsten, während Fuchs weiter unten am Spülsaum seinen Marsch fortsetzte. Mona kniff die Augen zusammen. Täuschte sie sich – oder kam dem Verdächtigen nun eine andere Gestalt entgegen? Natürlich konnte es sich um einen harmlosen Jogger oder Spaziergänger handeln, doch an dieser Möglichkeit zweifelte sie. Die Borkum-Touristen liebten die Meeresnatur und waren bei Wind und Wetter am Strand unterwegs – selten allerdings nach Einbruch der Dunkelheit.

Die Ermittlerin war jetzt schätzungsweise nur noch zehn Meter von Fuchs entfernt. Ob sie die beiden würde belauschen können? Jetzt gleich mussten die beiden Personen aufeinandertreffen. Doch plötzlich hörte Mona ein Geräusch, das ihr gar nicht gefiel. Ein Knacken ertönte, und zwar hinter ihr!

Das Geräusch entstand vermutlich, als jemand auf ein von der Sonne ausgedörrtes Stück Treibholz oder auf ein Bündel Seegras trat. Doch das war nebensächlich – vor allem lief die Kommissarin Gefahr, eingekesselt zu werden. Fuchs und sein Kontaktmann befanden sich vor ihr, ein möglicher weiterer Komplize hinter ihr. Dass jemand auf der Promenade ihre Schreie hören würde, war zwar möglich, doch dort wurde Musik gespielt, die Menschen unterhielten sich und lachten. Sie konnte sich nicht darauf verlassen, Hilfe zu bekommen.

Die Opferrolle lag Mona nicht. Sie drehte sich abrupt um und stürmte auf die Person zu, die sich von hinten angeschlichen hatte. Das Überraschungsmoment war nun auf ihrer Seite. Sie hatte sich nicht getäuscht. Von der Statur her hatte sie es offenbar mit einem Mann zu tun. Er versuchte, ihr auszuweichen und wegzulaufen.

»Stehen bleiben! Polizei!«, rief sie gellend. Das Adrenalin jagte durch ihren Körper, als sie den Kerl ansprang und zu Boden brachte. Damit hatte er offenbar nicht gerechnet. Sie bekam seinen rechten Arm zu fassen und drehte ihn auf den Rücken. Außerdem drückte sie ihm ihr Knie ins Kreuz.

»Au, Sie tun mir weh!«, klagte er. Die Kommissarin stieß langsam die Luft aus den Lungen, als sie den österreichischen Tonfall bemerkte. Sie sagte: »Ich lasse Sie jetzt los. Rühren Sie sich nicht vom Fleck, haben wir uns verstanden? Sie werden mir einiges zu erklären haben, Herr Hofer.«

Kapitel 12

Mona wusste nicht, ob der Student ihrer Aufforderung nachkommen würde. Sie schnellte hoch, drehte sich um und lief zum Spülsaum hinunter. Es waren nur wenige Schritte. Sie spürte den feuchten Sand unter ihren Sohlen, die anbrandenden Wellen durchnässten ihre Schuhe. Sie lief ein Stück weit am Strand entlang, aber weder Fuchs noch der Unbekannte waren irgendwo zu sehen. Der breite Sandstreifen bot in der Finsternis unzählige Versteckmöglichkeiten. Doch selbst wenn die Kommissarin den Verdächtigen wiederfand – was sollte sie zu ihm sagen? Er würde einfach behaupten, einen Spaziergang gemacht zu haben. Es gab nicht den geringsten Hinweis auf ein von ihm geplantes Treffen. Bei der anderen Person war es noch schwieriger. Mona hatte lediglich die Vermutung, dass es sich um einen Mann handelte. Aber genau genommen stand noch nicht einmal das fest. Sie wusste aus Erfahrung, dass sich die Größe und Statur eines Menschen bei Dunkelheit und auf eine gewisse Entfernung nur schwer einschätzen ließ.

Die Ermittlerin suchte noch ein paar Minuten, dann kehrte sie zu Hofer zurück. Der Österreicher hatte sich inzwischen den Sand von der Kleidung geklopft und war ebenfalls vom Boden aufgestanden. Monas Stimmung befand sich auf dem Nullpunkt, entsprechend scharf fielen ihre Worte aus: »Sind Sie von allen guten Geistern verlassen? Was haben Sie sich dabei gedacht, einfach bei einer Polizeiaktion dazwischenzufunken?«

»Eigentlich habe ich doch gar nichts getan …«

»Verschaukeln kann ich mich alleine! Sie sind mir nachgeschlichen, wollen Sie das leugnen?«

In Wirklichkeit war Mona auf sich selbst mindestens ebenso sauer wie auf Hofer. Es kränkte sie zutiefst in ihrer Berufsehre, dass sie seine Annäherung nicht bemerkt hatte. Er musste sich irgendwo in ihrer Nähe verborgen haben, während sie auf Fuchs wartete. Und als sie die Verfolgung aufnahm, hatte der Student sich einfach an sie drangehängt.

»Ja, ich wollte Sie nicht aus den Augen lassen«, gab Hofer zu. »Eigentlich hatte ich kein bestimmtes Ziel, als ich mich in der Nähe der Polizeistation herumtrieb. Da sah ich Sie aus dem Gebäude kommen, und Sie bekamen einen Anruf. Sie mussten eine Verabredung absagen, weil Sie einen Mordverdächtigen observieren wollten. Diese Information erschien mir wie ein Wink des Schicksals. Ich sehne mich nach Antworten, und die hoffte ich, von Ihnen zu bekommen.«

»Das hat ja hervorragend geklappt!«, höhnte die Kommissarin. »Dank Ihnen ist der Verdächtige jetzt irgendwo untergetaucht.«

Und der Kerl, mit dem er sich treffen wollte, ebenfalls, dachte Mona. Sie hütete sich davor, Hofer auch noch auf die zweite Person hinzuweisen. Sie wusste nicht, ob der Österreicher die andere Gestalt gesehen hatte. Falls nicht, würde sie ihn jedenfalls nicht mit der Nase darauf stoßen.

»Es tut mir leid, das war nicht meine Absicht. – Wie heißt der Mordverdächtige eigentlich?«

»Sie haben wohl zu heiß gebadet!«, wütete die Ermittlerin. »Glauben Sie, ich gebe Ihnen seinen Namen? Überlassen Sie die Jagd nach dem Täter gefälligst der Polizei. Aber Sie bekommen etwas ganz anderes von mir.«

»Was denn, Frau Sander?«

»Einen Platzverweis. Hiermit fordere ich Sie auf, den Borkumer Strand umgehend zu verlassen und hier vor morgen früh um zehn Uhr nicht mehr zu erscheinen. Falls Sie gegen diese Anordnung verstoßen, lernen Sie unsere Arrestzelle von innen kennen.«

»Sie sind sehr resolut. Ich hoffe, dass Sie bei der Suche nach dem Mörder ebenso konsequent vorgehen.«

Mit diesen Worten drehte Hofer sich um und ging in Richtung Promenade davon. Eine nennenswerte Reue hatte Mona bei ihm nicht feststellen können. Sie musste sich eingestehen, dass sie besorgt war. Der Student sah seinen Fehler offenbar nicht ein, und diese Tatsache machte ihn gefährlich. Ihrer Meinung nach wurden die schlimmsten Straftaten von Menschen begangen, die sich einbildeten, im Recht zu sein.

***

»Du machst ein Gesicht wie sieben Tage Regenwetter.«

Mit dieser Bemerkung wurde Mona von Grietje begrüßt, als sie am nächsten Morgen die Polizeiwache betrat. Die Kommissarin war in der besten Stimmung, um ihrer jungen Kollegin Kontra zu geben. Mit einem süßsauren Lächeln auf den Lippen sagte sie: »Tja, du wirst nie erraten, wem ich gestern Abend körperlich nähergekommen bin.«

Grietje bekam große Augen: »Jan wird es nicht sein, denn das wäre ja nichts Besonderes. Jedenfalls hoffe ich, dass es zwischen dir und deinem Freund nicht nur beim Händchenhalten bleibt.«

»Darauf kannst du wetten. – Nein, es handelt sich um Adrian Hofer – den Freund des Mordopfers, den du gestern so hemmungslos angeflirtet hast.«

»Das hab ich doch gar nicht getan!«, behauptete Grietje, während ihr Gesicht die Farbe einer reifen Tomate annahm.

Mona grinste breit und sagte: »Wie du meinst. Auf jeden Fall gibt es keinen Grund für dich, eifersüchtig zu sein. Unsere Begegnung bestand darin, dass ich ihn zu Boden gebracht und ihm einen Platzverweis erteilt habe. Ich glaube nicht, dass dies besonders erotisch für ihn war.«

Mit dieser Bemerkung ließ die Kommissarin Grietje sprachlos zurück, was äußerst selten vorkam. Gleich darauf betrat Mona ihr Büro. Bevor Enno zu Wort kommen konnte, berichtete sie ihm von dem Erlebnis am Strand.

»Das hätte ins Auge gehen können«, gab der Oberkommissar zu bedenken. »Am besten erzählen wir Oltbeck gar nichts davon, sonst kriegst du bloß Ärger. Du wurdest nicht verletzt, oder?«

»Nee, ich hab mir nur nasse Füße geholt. Es gibt Schlimmeres – zum Beispiel, dass Fuchs jetzt von der Observierung weiß. Jedenfalls wird er nicht annehmen, dass ich rein zufällig in der Dunkelheit am Spülsaum spazieren gegangen bin. So dämlich ist er nicht.«

Der Ostfriese schlug vor: »Wir können ihn noch einmal vorladen und befragen. Leider haben wir nichts Konkretes gegen ihn in der Hand. Seine Fingerabdrücke waren nicht auf der Tatwaffe.«

»Ich rufe bei dem Callcenter an, wo er und Nina gearbeitet haben«, erwiderte Mona und fuhr fort: »Es muss doch möglich sein, mehr über das Verhältnis der beiden zueinander in Erfahrung zu bringen.«

Die Kommissarin nahm Kontakt mit dem Bremer Unternehmen auf, wo man sich zunächst wenig kooperativ zeigte. Sie musste mit Engelszungen reden, bis sie schließlich mit einer Schichtleiterin namens Vera Lohse verbunden wurde, die angeblich beide Personen kannte. Mona stellte sich mit Namen und Dienstgrad vor.

»Ich muss Ihnen leider mitteilen, dass Nina Tresser ermordet wurde«, erklärte die Kriminalistin und fuhr fort: »Daher ermitteln wir in ihrem beruflichen und privaten Umfeld, um uns ein besseres Bild von der Person zu machen.«

Einen Augenblick lang herrschte Stille in der Leitung. Dann sagte Vera Lohse: »Ich bin mir nicht sicher, ob ich Ihnen weiterhelfen kann, Frau Sander. Nina Tresser war nicht lange in unserem Unternehmen tätig.«

»Aber sie hat doch mit einem gewissen Oliver Fuchs zusammengearbeitet, nicht wahr?«

»So würde ich das nicht nennen. Sicher, die beiden saßen in demselben Großraumbüro. Aber das trifft auch auf zwanzig weitere Callcenter-Agents zu.«

Mona blieb hartnäckig: »Es gibt doch gewiss die eine oder andere Gelegenheit, sich näherzukommen – in der Pause beispielsweise.«

»Mir ist von einem privaten Kontakt zwischen Herrn Fuchs und Frau Tresser nichts bekannt«, erwiderte die Schichtleiterin zugeknöpft.

»Hören Sie – ich habe hier einen Mord aufzuklären. Und wenn Sie Informationen zurückhalten, die mir dabei weiterhelfen könnten, bekommen Sie den Ärger Ihres Lebens!«

Die Kommissarin spürte, dass Frau Lohse nicht die ganze Wahrheit sagte. Am liebsten wäre Mona nach Bremen gefahren, um der Schichtleiterin persönlich auf den Zahn zu fühlen. Doch dafür war keine Zeit, also musste sie am Telefon so viele Fakten wie möglich erfahren.

»Sie irren sich«, beharrte Vera Lohse. »Herr Fuchs zeigte kein Interesse an Frau Tresser. Das ist auch gut so, denn wir dulden keine Belästigungen am Arbeitsplatz. – Es war im Gegenteil so, dass Herr Fuchs sich bei mir über Frau Tresser beschwert hat.«

»Tatsächlich? Und aus welchem Grund?«

Die Frau vom Callcenter erwiderte: »Frau Tresser soll in seinen privaten Sachen geschnüffelt haben. Ich stellte sie daraufhin zur Rede. Sie stritt alles ab, doch in meinem Job lernt man die Menschen kennen. Sie *hat* ihre Nase in Herrn Fuchs' Angelegenheiten gesteckt. Wenig später kündigte Frau Tresser sowieso, ohne dass die Firmenleitung sie noch einmal verwarnen musste.«

»Nannte sie einen Grund dafür, dass sie die Firma verließ?«

»Nein, Frau Sander. Unter uns gesagt hat ihr niemand eine Träne nachgeweint. Sie betrachtete unser Callcenter offenbar nur als kurzfristigen Job. Ganz im Gegensatz zu Herrn Fuchs, den wir seit

Jahren als Mitarbeiter schätzen, obwohl er seit einigen Monaten nur noch in Teilzeit arbeitet.«

Mona horchte auf.

»Ach, wirklich? Wie hat er das begründet?«

»Über solche Betriebsinterna darf ich nicht mit Ihnen sprechen. Und falls Sie etwas von Herrn Fuchs wissen wollen – er hat momentan Urlaub.«

Was du nicht sagst, dachte die Kommissarin. Sie bedankte sich artig für die Auskünfte und beendete das Telefonat. Da der Lautsprecher eingeschaltet war, hatte Enno den Wortwechsel ebenfalls gehört.

Er lächelte und sagte: »Soso, dann waren Fuchs' große Gefühle für unser Mordopfer wohl wirklich frei erfunden.«

»Allerdings, mein Lieber! Willst du wissen, was ich glaube? Nina hat im Callcenter irgendwie aufgeschnappt, dass Fuchs in die Ferienhausbetrügereien verwickelt war. Sie suchte nach Beweismaterial, wurde aber auf frischer Tat ertappt. Daraufhin wurde ihr die Sache vor Ort zu heiß, also kündigte sie. Nina zog nach Hamburg, recherchierte aber weiter. Nach und nach fand sie mehr heraus und nahm Kontakt mit Krass Kamel auf, um ihre Story später veröffentlichen zu können. Als i-Tüpfelchen wollte sie sich zusammen mit diesem Kerl, der sich Ullrichs nennt, als Ehepaar auf Borkum einmieten.«

Enno nickte und sagte: »Einverstanden, das ist plausibel. Denkst du, dass sie den Drahtzieher hier auf der Insel entlarven wollte?«

»Die Vermutung liegt nahe, denn aus welchem anderen Grund hat sie ganz offiziell ein Haus bei einem seriösen Vermieter gebucht? Es sieht ganz so aus, als ob sie dem Falschen vertraut hat, nämlich Malte Ullrichs.«

»Es wäre wirklich gut, wenn wir eine Verbindung zwischen Ullrichs und Fuchs nachweisen könnten«, meinte der Oberkommissar. Bevor Mona etwas darauf erwidern konnte, klingelte ihr Festnetztelefon. Ein Kriminaltechniker aus Oldenburg war am Apparat.

»Moin«, sagte er. »Es geht um das Smartphone des Mordopfers Nina Tresser, das wir analysieren sollten …«

Die Kommissarin war ganz Ohr. »Ja?«

Der Kollege fuhr fort: »Seid ihr sicher, dass ein Spionageprogramm auf dem Gerät war? Wir haben nämlich keines gefunden.«

»Ich verstehe. Dieses Ergebnis hilft uns trotzdem weiter. Ich danke dir.«

Mit diesen Worten beendete sie das kurze Telefonat. Enno hatte alles mitbekommen.

»Fuchs hat uns das Märchen von der Tracking-Software bloß aufgetischt, um seine Anwesenheit auf Borkum erklären zu können«, mutmaßte er und fuhr fort: »In Wirklichkeit wird es so gewesen sein, dass Nina hierher reiste, um die Ferienhausbetrüger zu entlarven. Und Fuchs erschien auf unserer schönen Insel, um sie zu stoppen beziehungsweise bei ihrer endgültigen Beseitigung zu helfen.«

»Du sagst es, mein Lieber! Und wenn wir jetzt dafür auch noch einen Beweis hätten …«

Mona wurde unterbrochen, denn in diesem Moment riss Grietje die Tür auf. Ihre guten Manieren, die sie am Vortag gezeigt hatte, waren offensichtlich schon wieder vergessen. Doch die Kommissarin hielt sich mit Kritik zurück. Der Gesichtsausdruck der Polizeimeisterin bewies, dass etwas Schlimmes geschehen sein musste.

»Macht euch am besten sofort auf die Socken – es hat einen Mordanschlag gegeben!«

Kapitel 13

Enno erhob sich von seinem Bürostuhl und griff sich seine Jacke, Mona folgte dem Beispiel.

»Gib uns bitte die Einzelheiten«, sagte er zu der uniformierten Kollegin.

Grietje erwiderte: »Eine Melderin hat beobachtet, dass eine Frau niedergeschlagen wurde – und zwar an der Blanken Fenne. Die Anruferin war völlig aufgelöst und rief immer wieder: ›Er hat sie totgeschlagen, sie rührt sich nicht mehr.‹ – Ich hab gleich Claas und Aiske hingeschickt, der Rettungswagen ist auch schon angefordert.«

»Gut gemacht, Grietje. – Los, Abflug!«, erwiderte Mona. Gemeinsam mit Enno eilte sie durch den Hofausgang hinaus. Die beiden stiegen in den Dienstwagen und brausten los.

Die Blanke Fenne war eine kurze, ruhige Straße im grünen Hinterland von Borkum, ein ganzes Stück weit abseits vom Trubel am Strand und der Promenade. Mit dem Auto benötigte man trotzdem von der Polizeistation bis dorthin nur fünf Minuten – vor allem, wenn man so schnell fuhr wie Enno in diesem Moment. Mona hatte das Blaulicht eingeschaltet. Zum Glück herrschte auf der langgestreckten Hindenburgstraße momentan nicht viel Verkehr. Die Kommissare legten den Weg zum Tatort schweigend zurück. Mona hing ihren Gedanken nach, und Enno ging es gewiss nicht anders. Sie hoffte, dass es für das Opfer noch nicht zu spät war. Zum Glück stand der Rettungswagen schon am Straßenrand, als die beiden wenig später in die Blanke Fenne einbogen. Eine weibliche Person mit leichenblassem Gesicht lag auf einer Trage und wurde von den Sanitätern versorgt. Sie war also nicht tot, wie die Melderin am Telefon irrtümlich geglaubt hatte.

»Das ist Juliane Meews!«, stieß der Oberkommissar überrascht hervor. Mona hatte die für Freerk Jonte arbeitende Reinigungskraft ebenfalls sofort erkannt. Genau wie Nina Tresser hatte dieses Opfer eine Wunde am Hinterkopf. Doch für Juliane Meews schien es noch Hoffnung zu geben.

Die Ermittlerin versuchte, sich einen Gesamteindruck von der Situation zu verschaffen. Die Blanke Fenne stellte eine Verbindung zwischen der Upholmstraße und der Richthofenstraße dar. Jenseits der Upholmstraße befanden sich die Binnenwiesen, die sich bis zum Upholmdeich erstreckten. Dort gab es keine Wohnbebauung, nur einige grasende Tiere. An der Blanken Fenne selbst gab es einige Häuser. Juliane Meews musste unweit der Einmündung in die Upholmstraße vom Täter erwischt worden sein, zumindest lag ihr Fahrrad direkt neben dem Rettungswagen neben der Straße. Mona ging davon aus, dass die Sanitäter das Opfer direkt vor Ort versorgten und die Frau nicht erst zehn Meter in die eine oder andere Richtung transportiert hatten. Hier gab es keinerlei Deckung. Der Angreifer musste entweder von hinten gekommen sein – oder die Putzfrau kannte ihn und war deshalb ziemlich arglos gewesen.

Direkt hinter dem RTW parkte ein Streifenwagen. Aiske Berend und Claas Lammer befragten eine Dame, die am ganzen Leib zitterte. Das konnte die Ermittlerin sogar auf die Entfernung erkennen.

Ein Sanitäter wandte sich nun an die Kommissare: »Die Patientin ist nicht bei Bewusstsein, es besteht der Verdacht auf eine Gehirnerschütterung. Wir nehmen sie mit ins Krankenhaus.« Er gab Mona ein Handy und fügte hinzu: »Das Gerät lag direkt neben der Frau auf der Straße, wahrscheinlich gehört es ihr.«

Die beiden Männer schoben die Trage in den Rettungswagen und fuhren gleich darauf Richtung Gartenstraße, wo sich das Borkumer Stadtkrankenhaus befand. Enno deutete auf das Telefon und sagte: »Das Handy gehört Juliane, ich habe es schon mal bei ihr gesehen.«

»Wir können es uns später genauer anschauen. Jetzt möchte ich erst einmal hören, was die Melderin zu sagen hat.«

Mit diesen Worten ging Mona zu ihren uniformierten Kollegen hinüber. Der wuchtige Ostfriese folgte ihr. Die beiden Kriminalisten zeigten ihre Dienstausweise.

»Ich bin Kommissarin Sander, das ist Oberkommissar Moll. Darf ich fragen, wer Sie sind und was geschehen ist?«

Während die Ermittlerin diese Frage stellte, bemerkte sie ein zweites Fahrrad. Es lag nicht auf dem Boden, sondern war ordentlich vor dem Streifenwagen abgestellt worden. Die Melderin musste ungefähr fünfzig Jahre alt sein. Sie trug eine blaue Regenjacke und Jeans von der gleichen Farbe. Ihr ergrauendes braunes Haar hielt sie mit einem silbrig glänzenden Haarreif im Zaum.

»Mein Name ist Sabine Waller. Ich mache momentan Urlaub auf Borkum und wollte eine Radtour unternehmen. Ich kam von da hinten«, sie zeigte in Richtung Alter Leuchtturm, »und wollte zum Flugplatz radeln, als ich diese Frau bemerkte. Es war wie in einem Alptraum.«

Sabine Waller blickte ins Leere. Vermutlich durchlebte sie innerlich noch einmal die Szene, von der sie so schockiert wurde.

Mona hakte nach: »Was genau tat die Frau?«

»Sie bog auf ihrem Fahrrad in diese Straße ein, in der wir gerade stehen. Plötzlich erschien ein anderer Radfahrer. Erst dachte ich, er wollte sie nur überholen. Das tat er auch. Aber während er an ihr vorbeifuhr, zog er plötzlich einen Gegenstand hervor. Was es genau war, konnte ich nicht sehen. Aber er schlug der Frau damit auf den Kopf. Sie stürzte und fiel auf die Fahrbahn.«

»Was taten Sie?«

»Ich schrie, so laut ich konnte. Daraufhin trat der Mann noch kräftiger in die Pedale. Er raste davon.«

»Dorthin?«, fragte Enno und zeigte auf das Ende der Blanken Fenne zur Richthofenstraße hin. Die Zeugin nickte.

Polizeimeisterin Aiske Berend erklärte: »Wir haben Frau Waller schon nach einer Beschreibung des Tatverdächtigen gefragt. Leider konnte sie keine genauen Angaben machen.«

»Es war ein Mann, da bin ich ganz sicher«, sagte die Melderin. »Und er trug dunkle Kleidung, vielleicht eine Regenjacke oder so etwas in der Art. Ich war ziemlich weit entfernt, und meine Augen sind leider nicht mehr die besten.«

Sabine Waller war nicht in der Nähe gewesen, und trotzdem hörte der Täter ihren Schrei und flüchtete daraufhin? Dies war nicht unbedingt ein Widerspruch, wie Mona bei näherem Nachdenken erkannte. In der unmittelbaren Umgebung war es recht ruhig, selbst der Autoverkehr auf der Richthofenstraße war nur als gedämpftes Hintergrundgeräusch zu vernehmen. Außerdem stand momentan der Wind günstig, um den Schallwellen Auftrieb zu geben.

Enno wandte sich an die uniformierten Polizisten: »Ihr habt gehört, was die Dame berichtet hat. Versucht bitte trotzdem eine Nahbereichsfahndung, vielleicht ist der Radfahrer ja einem Anwohner aufgefallen. – Wann hat sich die Tat ereignet?«

Die Frage war natürlich wieder an die Zeugin gerichtet. Sabine Waller schaute auf die Uhr und antwortete: »Das muss jetzt ungefähr zwanzig Minuten her sein. Ich habe sofort die 110 gewählt, nachdem die Frau gestürzt ist. Kurze Zeit später trafen dann auch Ihre Kollegen und der Rettungswagen ein.«

Mona war nicht besonders zuversichtlich, dass sich der Täter noch in der Nähe befand. Innerhalb von zwanzig Minuten konnte er zahlreiche Punkte im Ortskern erreichen, um sich zu verstecken. Und das Fahrrad verschwinden zu lassen, wäre ein Kinderspiel. Entweder schob er es in einen Schuppen oder ließ es einfach an einer Straßenecke stehen. Falls das Rad gemietet war, konnte der Schurke es zum Verleiher zurückbringen, als ob nichts gewesen wäre.

»Wenn Sie sich dazu in der Lage fühlen, würden wir gern Ihre Aussage sofort schriftlich zu Protokoll nehmen«, sagte die Kommissarin.

»Ja, den größten Schreck habe ich überwunden«, gab Frau Waller zurück. »Ich möchte, dass dieser Verbrecher gefasst wird.«

Enno lud ihr klappbares Fahrrad in den Kofferraum des Opel Vectra-e, und die Kommissare kehrten mit der Zeugin zur Wache zurück. Mona schaltete ihren Computer ein und tippte die Angaben der Melderin ins Textverarbeitungssystem. Es dauerte nicht lange, bis das Dokument fertig war und von Frau Waller unterschrieben wurde. Die Ermittlerin ließ sich noch die Telefonnummer und Urlaubsadresse der Zeugin geben. Dann schwang Sabine Waller sich auf ihr Fahrrad, das der Oberkommissar inzwischen wieder aus dem Kofferraum geholt hatte. Die Kommissarin bekam einen Anruf von ihrer uniformierten Kollegin. Die Nahbereichsfahndung war ohne Ergebnis verlaufen. Insgeheim hatte Mona nichts anderes erwartet. Sie stieß einen langen Seufzer aus, während sie die ausgedruckte Aussage betrachtete und Enno von dem Telefonat berichtete.

»Denkst du, was ich denke, mein Lieber?«

»Du fragst dich, ob es einen Zusammenhang zwischen dem Mord an Nina Tresser und dem Angriff auf Juliane gibt, nehme ich an. Und ich würde die Frage mit einem klaren Ja beantworten.«

»Und aus welchem Grund – weil das zweite Opfer auch am Tatort des ersten Verbrechens war?«

»Das wäre denkbar, Mona. Aber mir fällt noch mehr ein – beispielsweise, was Juliane an der Blanken Fenne zu suchen hatte.«

Die Kommissarin betrachtete den Gesichtsausdruck ihres Kollegen. Sie kniff die Augen zusammen und sagte: »Diese Miene kenne ich. Du hast einen Wissensvorsprung, den du hoffentlich gleich mit mir teilen wirst.«

»Du hast mich durchschaut«, erwiderte Enno schmunzelnd. »Wahrscheinlich ist dir nicht bekannt, dass Freerk Jonte an der Blanken Fenne ein weiteres Ferienhaus besitzt, in dem Juliane ebenfalls die Endreinigung vornimmt.«

»Ich verstehe, worauf du hinauswillst. Nehmen wir mal an, Juliane wäre nicht das Zufallsopfer eines verrückten Frauenhassers. Wenn der Täter es also ganz gezielt auf sie abgesehen hatte, dann muss er gewusst haben, dass sie heute dieses Haus reinigen würde.«

»Diese Information konnte er nur von Jonte oder dessen Frau bekommen«, stellte der Ostfriese fest und fuhr fort: »Jedenfalls kann ich mir nicht vorstellen, dass Jonte seine Putzpläne öffentlich macht.«

»Wir sollten uns nach Julianes Zustand erkundigen«, schlug Mona vor. »Und danach schaue ich mir ihr Handy genauer an.«

Die beiden fuhren zum Krankenhaus hinüber, wo Dr. Siemers gerade die Untersuchung beendet hatte.

»Die Patientin ist nach wie vor bewusstlos«, erklärte der junge glatzköpfige Mediziner. »Einen Schädelbasisbruch kann ich zum Glück ausschließen, aber eine leichte Gehirnerschütterung liegt auf jeden Fall vor. Die Platzwunde am Hinterkopf habe ich genäht.«

»Mit was für einem Gegenstand wurde ihr die Verletzung zugefügt?«, wollte die Ermittlerin wissen.

»Ich würde auf ein Metallrohr oder einen massiven Holzstock tippen«, antwortete der Arzt. Außerdem versprach er den Kommissaren, sich telefonisch zu melden, sobald Juliane Meews wieder aufgewacht war.

»Gibt es Angehörige, die wir verständigen müssen?«, fragte Mona ihren Kollegen, als sie das Krankenhaus wieder verließen.

»Nein, Juliane ist eine Witwe, die sich ihre schmale Rente mit den Putzjobs aufbessert«, sagte Enno und fügte hinzu: »Wir sollten damit rechnen, dass der Angreifer sich nicht mit einer Verletzung zufriedengeben wollte. Falls es dieselbe Person wie bei dem Verbrechen in der Norderreihe ist, dann bedeuten ihm Menschenleben nichts.«

»Ja, das wäre möglich«, erwiderte die Ermittlerin. »Oltbeck muss einen Kollegen abstellen, um Juliane Meews im Krankenhaus zu bewachen.«

Doch als die beiden wenig später bei ihrem Vorgesetzten saßen und ihm Bericht erstatteten, war er von dieser Idee wenig angetan: »Wie stellen Sie sich das vor, Frau Sander und Herr Moll? Wissen Sie nicht, wie knapp unsere Personaldecke ist? Gibt es denn überhaupt einen Beweis dafür, dass die beiden Taten zusammenhängen?«

Wenn man keine Tomaten auf den Augen hat, muss man die Verbindung doch erkennen! Mona war zum Glück diplomatisch genug, diesen Satz nur zu denken und nicht auszusprechen. Manchmal hatte sie ihr Temperament doch im Griff, und sie wollte es sich nicht endgültig mit ihrem Chef verscherzen.

Enno sagte: »Juliane Meews war vermutlich auf dem Weg zu einem weiteren Ferienhaus, das Freerk Jonte gehört. Und Sie dürfen nicht vergessen, dass der Mordverdächtige vom Norderreihe-Fall immer noch auf freiem Fuß ist. Von Ullrichs fehlt nach wie vor jede Spur.«

»Daran müssen Sie mich nicht erinnern«, seufzte Oltbeck. »Sie denken also, dass Ullrichs auch die Reinigungskraft angegriffen haben könnte?«

»Ausgeschlossen ist das nicht. Vielleicht hat sie aus Angst bei ihrer Zeugenaussage etwas verschwiegen, und er wollte sie endgültig zum Schweigen bringen.«

»Ach so – ja, das ergibt einen Sinn. Dann werde ich in Gottes Namen einen Kollegen mit der Bewachung des Opfers beauftragen. Vielleicht haben wir ja Glück, und Frau Meews wacht bald auf.«

Mit diesen Worten beendete der Dienststellenleiter die kurze Besprechung. Mona war positiv überrascht, weil er der Verletzten Polizeischutz gewähren wollte. Dafür kam ihr eine andere Sache umso merkwürdiger vor. Als sie und Enno wieder in ihrem gemeinsamen Büro waren, sprach sie ihn darauf an: »Mein Lieber, ich finde es nicht sehr logisch, dass Ullrichs es auf die Reinigungskraft abgesehen haben soll. Nach unserem Wissensstand war er gar nicht mehr im Ferienhaus, als sie erschien. Oder glaubst du, dass sie uns seine Anwesenheit verschwiegen hat?«

Der Ostfriese lächelte und antwortete: »Nein, aber ich dachte mir, dass Oltbeck diese Erklärung am leichtesten schlucken würde. Und der Erfolg hat mir recht gegeben.«

Mona nickte.

»Stimmt – und woher hätte Ullrichs wissen können, dass Frau Meews heute an der Blanken Fenne sauber machen würde?«

»Ganz genau«, sagte seine Kollegin. »Wir sollten uns jetzt dem Handy widmen, dann sehen wir hoffentlich klarer.«

Das Gerät der Putzfrau war kein Smartphone, sondern ein älteres Modell, mit dem man nur telefonieren konnte. Immerhin besaß es einen Speicher, der die ausgehenden und hereinkommenden Anrufe aufzeichnete. Ein elektronisches Telefonbuch gab es ebenfalls.

»Enno, Juliana Meews hat eine halbe Stunde vor dem Angriff Jonte angerufen.«

»Das ist nicht ungewöhnlich, sie arbeitete schließlich für ihn«, meinte der Oberkommissar.

»Wir sollten ihn fragen, worum es bei dem Telefonat ging«, erwiderte Mona. Enno öffnete den Mund. Doch bevor er etwas sagen konnte, klingelte sein Festnetztelefon. Er nahm das Gespräch entgegen.

»Alles klar, Freerk. Beruhige deine Frau, wir sind gleich bei euch«, sagte der Ostfriese und legte auf. Diesmal war der Lautsprecher nicht eingeschaltet. Mona schaute ihn fragend an.

»Das war Freerk Jonte«, erklärte der Oberkommissar. »Er sagt, bei ihm sei eingebrochen worden.«

Kapitel 14

Die Ermittler fuhren sofort zu dem Ferienhausbesitzer. Zuvor bekamen sie noch kurz mit, dass Oltbeck Polizeimeisterin Britt Mölders zum Krankenhaus schickte. Sie war eine sehr zuverlässige Kollegin. Wenn sie für die Bewachung der Patientin verantwortlich war, würde Juliane Meews nichts geschehen.

Plötzlich sagte Mona: »Wir sollten Jonte nicht verraten, dass Juliane noch lebt.«

Dieser Einfall war ihr spontan gekommen, vielleicht lag sie mit ihrer Überlegung ja auch völlig daneben. Die Kommissarin warf vom Beifahrersitz aus ihrem Kollegen einen prüfenden Blick zu. Enno wirkte zunächst überrascht, dann nickte er langsam.

»Das können wir tun. Lass uns später darüber sprechen«, erwiderte er. Auf eine solche Reaktion hatte sie gehofft. Das war einer der vielen Gründe dafür, dass Mona so gern mit dem Ostfriesen zusammenarbeitete. Es wäre für Enno einfach gewesen, ihren Vorschlag abzubügeln. Er verfügte ja über viel mehr Diensterfahrung als sie selbst, außerdem kannte Enno Freerk Jonte vermutlich von Kindesbeinen an. Die beiden Männer befanden sich ungefähr im selben Alter. Der Oberkommissar hätte also ihren Verdacht einfach beiseiteschieben können. Ganz abgesehen davon, dass er sowieso einen höheren Rang hatte und ihr Anweisungen erteilen konnte. Doch Enno nahm Mona ernst, er respektierte ihre Meinung. Und das war nicht selbstverständlich, wie das negative Beispiel ihres gemeinsamen Vorgesetzten Hinrich Oltbeck bewies.

»Wollen wir überhaupt erwähnen, dass Juliane einem Verbrechen zum Opfer fiel?«, hakte Enno nach und fügte hinzu: »Sie sollte wahrscheinlich in seinem Haus an der Blanken Fenne die Endreinigung vornehmen. Spätestens, wenn das nicht geschehen ist, wird er Lunte riechen.«

»Lass uns erst mal diesen Einbruch begutachten, dann sehen wir weiter«, meinte Mona. Damit war ihr Kollege einverstanden, und sie erreichten wenig später Jontes Wohnadresse. Der Hausherr erwartete sie bereits vor der Tür. Die Ermittler stiegen aus dem Wagen und zogen Latexhandschuhe über. Mona musterte den Ferienhausvermieter möglichst unauffällig. Sie hatte es schon oft mit den Opfern von Einbruchdiebstählen zu tun gehabt. Diese Menschen wirkten meist zutiefst beunruhigt, weil Kriminelle in ihre persönliche

Wohlfühlzone eingedrungen waren. Bei Jonte war eine solche Beklemmung nicht zu spüren. Vielleicht hatte er seine Gefühle einfach nur besser im Griff als andere Leute.

Oder der Einbruch war von ihm selbst nur vorgetäuscht worden.

»Moin, Freerk. Was genau ist denn passiert?«, wollte Enno wissen.

Jonte antwortete: »Jemand ist in mein Arbeitszimmer eingestiegen, ich habe es erst vor ein paar Minuten bemerkt und euch dann gleich alarmiert.«

»Ich schaue mir die Sache mal von außen an.«

Mit diesen Worten eilte die Kommissarin um die Hausecke. An der westlichen Schmalwand erblickte sie ein Fenster, das nur angelehnt war. Am Holz des Rahmens konnte sie Werkzeugspuren entdecken. Jemand hatte sich offenbar mit einem Brecheisen oder einem großen Schraubendreher gewaltsam Zugang verschafft. Die nur eins dreiundsechzig messende Mona musste sich auf die Zehenspitzen stellen, um ins Innere des Raums linsen zu können. Nun wurde das Fenster ganz geöffnet, und zwar durch Enno. Er hatte das Zimmer vom Flur aus betreten. Sie legte den Kopf in den Nacken und sagte laut: »Hier sind eindeutige Einbruchspuren, ich komme jetzt rein.«

Bevor die Kommissarin ins Haus ging, untersuchte sie noch den weichen Gartenboden, auf dem sie stand. Es hatte während der Nacht geregnet, die Schuhabdrücke eines großen Menschen konnte man noch eindeutig sehen. Es handelte sich nicht um ein Leichtgewicht, jedenfalls waren die Sohlen tief in den Erdboden gesunken. Mona konnte sich schon lebhaft vorstellen, wie die »Tat« über die Bühne gegangen sein musste. Doch sie wollte sich noch weitere Hinweise verschaffen.

Der Raum, in den eingebrochen worden war, bot kaum Platz für mehrere Personen. Darin stand ein breites Aktenregal, außerdem gab es einen kleinen Schreibtisch mit einem Computer älteren Modells darauf. An der Wand hing ein Organisationsplan, in den Jonte offenbar die Belegung seiner Ferienimmobilien sowie die vorgesehene Endreinigung eintrug. Papiere lagen auf dem Boden, außerdem bemerkte die Ermittlerin eine offene Zigarrenkiste mit ein paar Münzen darin. Auf dem Tisch befand sich außerdem ein aufgeschlagener Ordner mit Personalbögen. Enno und Jonte standen in dem kleinen Büro, Marieke lehnte sich gegen den Türrahmen. Sie hatte die Arme vor der Brust verschränkt und sagte: »Wie verzweifelt muss jemand sein, dass er die Portokasse ausraubt?«

»Etwas anderes wurde also nicht gestohlen?«

Mona hatte diese Frage an den Ferienhausbesitzer gerichtet, und er antwortete prompt: »Nein, ich habe schon alles überprüft. In der Portokasse waren dreißig Euro in Scheinen, der Schaden hält sich also in Grenzen. Das Fenster muss ich natürlich reparieren lassen.

Die Kommissarin dachte sich, dass die Schuhabdrücke draußen gut zu Jonte selbst passen würden. Jetzt kam es nur darauf an, sich nichts anmerken zu lassen. Sie ließ ihren Blick unauffällig über den Boden unter dem Fenster schweifen. Dort konnte sie keinerlei Schmutz bemerken, worüber sie sich nicht wunderte.

»Wann hast du das Büro zuletzt betreten?«, wollte Enno wissen.

Der Ferienhausvermieter antwortete: »Gestern Abend gegen zwanzig Uhr. Ich schließe die Tür immer von außen ab, das ist so eine Gewohnheit. Deshalb konnte der Einbrecher nicht in andere Räume vordringen.«

»Mir wird ganz mulmig bei dem Gedanken, dass so ein Halsabschneider vor unserem Ehebett hätte stehen können«, klagte Marieke. Sie schien sich wirklich zu fürchten. Die Ermittlerin vermutete, dass Jonte sie nicht in seine Machenschaften eingeweiht hatte. Einen Beweis dafür gab es allerdings noch nicht.

»Das ist ja zum Glück nicht geschehen«, sagte Enno beruhigend. Dann wandte er sich an Jonte: »Komm bitte später zur Polizeistation, damit wir die Strafanzeige wegen des Einbruchs aufnehmen. Du brauchst ja auch eine Kopie für deine Versicherung. Außerdem musst du noch eine Aussage wegen des Mordes in der Norderreihe machen.«

»Ja, dazu bin ich bisher noch nicht gekommen. Ich hab das junge Paar ja kaum gekannt«, erwiderte Jonte.

»Immerhin hast du Malte Ullrichs gesehen, er ist leider immer noch auf der Flucht«, sagte Enno. Der Ferienhausbesitzer versprach, im Lauf des Tages auf der Wache zu erscheinen. Die Frage, ob sie verdächtige Geräusche gehört hatten, wurde von beiden Eheleuten verneint.

»Wegen der Einbruchspuren werden wir noch die Spurensicherung vorbeischicken.«

Mit diesen Worten verabschiedete Enno sich. Sobald er und Mona wieder im Auto saßen, sagte er: »Du hattest recht – Freerk hat diese Straftat inszeniert. Die Sache ist oberfaul.«

»Woran machst du das fest, mein Lieber?«

»Dieser Ordner mit den Personaldaten seiner Reinigungskräfte, der aufgeschlagen auf dem Tisch liegt – auffälliger geht es ja wohl kaum! Wenn Jonte erfährt, was Juliane zugestoßen ist, kann er den Verdacht auf den nicht existierenden Einbrecher lenken.«

»Wobei man sich fragen kann, aus welchem Grund so ein Kleinkrimineller eine Reinigungskraft auf dem Fahrrad niederschlägt«, gab Mona zu bedenken und fügte hinzu: »Das Opfer wurde ja noch nicht einmal ausgeraubt.«

»Dieser vorgetäuschte Einbruch war eine spontane Verzweiflungstat«, vermutete der Oberkommissar. »Ich schätze, dass Jonte selbst seine Mitarbeiterin angegriffen hat. Das Verbrechen geschah an einer einsamen Stelle. Mit der Zeugin rechnete er nicht. Als Frau Waller schrie, bekam er Panik und rauschte so schnell wie möglich davon.«

Mona ergänzte: »Ja, so wird es gewesen sein. Jonte wird das Fenster von außen selbst aufgehebelt haben. Doch dann stieg er nicht auf diesem Weg ein, denn in dem Fall hätte man unter dem Fenster auf dem Teppich Reste von feuchter Erde finden müssen. Außerdem halte ich Jonte nicht für so sportlich, dass er sich an der Fensterbank hochzieht und ins Hausinnere klettert.«

»Ich würde es jedenfalls nicht schaffen, auf diese Weise hineinzugelangen«, stellte der Oberkommissar trocken fest, »und Jonte wird kaum ein Kilo weniger als ich auf die Waage bringen.«

»Ich mag jedes Gramm an dir«, scherzte Mona, wurde aber sofort wieder ernst. Sie sagte: »Wir sollten versuchen, Jontes Überlegungen nachzuvollziehen. Er ist nicht blöd. Ihm muss klar sein, dass wir Juliane früher oder später finden werden. Da wir eben gerade keine Silbe über sie verloren haben – wird er glauben, dass wir ihn verdächtigen?«

»Ich wüsste zu gern, was in seinem Kopf vor sich geht«, antwortete ihr Kollege und fuhr fort: »Bis vor Kurzem hätte ich selbst Jonte niemals verdächtigt. Er hat ein Eigentor geschossen, indem er die Reinigungskraft niederschlug.«

»Falls er selbst es überhaupt getan hat«, schränkte die Kommissarin ein und ergänzte: »Falls Jonte wirklich etwas mit dem Ferienhausbetrug zu tun hat, dann ist Fuchs sein Komplize. Es ist doch überhaupt nicht gesagt, ob Jonte selbst die Tat begangen hat. Er kann die Drecksarbeit an seinen Handlanger weiterleiten. Schließlich wusste der Ferienhausbesitzer genau, um welche Uhrzeit Juliane an der Blanken Fenne erscheinen würde. Er musste diese Information nur an Fuchs weitergeben.«

Enno sagte: »Ja, du hast recht. Wir sollten Fuchs' Alibi für die Tatzeit überprüfen, dann sehen wir klarer.«

Er startete den Motor, und die beiden fuhren zur Pension Kolbe. Dort war die Inhaberin damit beschäftigt, das Frühstücksgeschirr abzuräumen. Die letzten Gäste hatten gerade ihre Morgenmahlzeit beendet und brachen auf, die meisten von ihnen vermutlich Richtung Strand.

»Moin, wir müssen noch einmal mit Oliver Fuchs sprechen«, sagte Mona zu Rita Kolbe. Die Pensionswirtin begrüßte die Kommissare lächelnd und sagte: »Seit Sie Herrn Fuchs neulich mitgenommen haben, ist er wie ausgewechselt. Er benimmt sich wieder so freundlich und zuvorkommend wie vor seinem Alkoholabsturz. Vielleicht gehört er ja zu den Leuten, die nur mal einen Schuss vor den Bug brauchen.«

Oder er hat kapiert, dass Unauffälligkeit immer noch die beste Tarnung ist, dachte die Ermittlerin. Sie fragte: »Haben Sie Fuchs heute Morgen schon gesehen?«

»Ja, er hat bereits gefrühstückt. Ob er danach wieder in sein Zimmer gegangen ist oder das Haus schon verlassen hat, kann ich Ihnen leider nicht sagen. Morgens habe ich hier immer alle Hände voll zu tun und renne nur zwischen Frühstücksraum und Küche hin und her.«

»Wir werden selbst nachschauen«, meinte Enno. Wenig später stand er wieder vor Fuchs' Zimmer und wummerte gegen das Türblatt. Von innen war kein Geräusch zu hören. Mona wollte die Pensionswirtin schon bitten, wieder aufzuschließen.

Doch da kam Rita Kolbe bereits auf die Kriminalisten zu: »Mir ist gerade noch etwas eingefallen. Ich war zwar im Frühstücksraum, aber ich konnte durch das Fenster sehen, wie Herr Fuchs fortging. Er muss sich mit einem meiner anderen Gäste angefreundet haben, jedenfalls machten die beiden sich Seite an Seite auf den Weg.«

Mona kam plötzlich ein alarmierender Verdacht. Sie fragte: »Dieser andere Pensionsgast, ist das ein junger Österreicher?«

»Ja – woher wissen Sie das? Es ist purer Zufall, dass ich ihm noch auf die Schnelle ein Zimmer zur Verfügung stellen konnte. Das ging nur, weil ein anderer Tourist krank wurde und vorzeitig abreisen musste. Der junge Mann heißt jedenfalls Adrian Hofer, er ist ein sehr angenehmer Mensch.«

Die Kommissarin ordnete ihre Gedanken. Am Vorabend hatte sie auf der gegenüberliegenden Straßenseite auf der Lauer gelegen. Hofer musste wissen, dass sie in der Pension Kolbe einen Mordverdächtigen vermutete. Einen Namen hatte sie nicht genannt, und in der Dunkelheit am Strand würde Hofer Fuchs wohl kaum erkannt haben. Aber das war vielleicht gar nicht so schlimm.

Mona kehrte in den breiten Korridor zwischen Eingang und Frühstücksraum zurück, wo es auch eine kleine Rezeptionstheke gab. Ihr Blick fiel auf das dickleibige Gästebuch.

»Liegt das immer so offen hier herum?«, wollte sie wissen.

»Ja, normalerweise bin ja entweder ich oder meine Mitarbeiterin an der Rezeption«, gab Rita Kolbe arglos zurück.

»Auch frühmorgens?«

»Naja, frühmorgens natürlich noch nicht … ist das ein Problem?«

Die Ermittlerin antwortete nicht. Stattdessen ging sie selbst hinter den Tresen und schlug das Buch auf. Man konnte der in Leder gebundenen Kladde entnehmen, welche Zimmer mit wie vielen Gästen belegt waren. Und es gab nur einen allein reisenden Herrn, der sich vor Hofers Ankunft in der Pension eingemietet hatte: Oliver Fuchs – ein Name, der dem Studenten bei seinem Besuch in der Polizeidienststelle bereits genannt worden war!

Mona konnte sich vorstellen, wie er im Frühstücksraum auf das Erscheinen des Verdächtigen gelauert hatte. Oder wurde Fuchs von Hofer vor seinem Zimmer abgepasst? Es spielte keine Rolle. Jontes Komplize war ein Verbrecher, doch nach Lage der Dinge schwebte er aktuell akut in Lebensgefahr.

Kapitel 15

Enno schien zu spüren, welche Gedanken Mona umtrieben. Er wandte sich an Rita Kolbe: »Konnten Sie sehen, in welche Richtung die beiden Männer gegangen sind?«

»Ja, auf den Neuen Leuchtturm zu.«

»Wann war das?«, hakte der Ostfriese nach.

»Das muss jetzt ungefähr eine Stunde her sein«, lautete die Antwort.

Die Kommissare verabschiedeten sich, ohne über ihren Verdacht zu sprechen. Im Auto schlug die Ermittlerin gegen das Handschuhfach: »Ich bin so eine Idiotin! Mir hätte klar sein müssen, dass Hofer auf eigene Faust herauszufinden versuchen würde, welche Person in der Pension unter Mordverdacht steht.«

Ihr Kollege klopfte ihr beruhigend auf die Schulter und sagte: »Du kannst nichts dafür, das ist nur eine Verkettung unglücklicher Umstände. Wahrscheinlich hat Hofer sich draußen die Nacht um die Ohren geschlagen und hat erst heute Morgen bei Rita Kolbe eingecheckt. Und dass gerade ein Zimmer frei geworden war, ließ sich nicht vorhersehen. Das ist in der Hauptsaison höchst ungewöhnlich, wie du weißt.«

Mona dachte laut nach: »Ob ich Hofer einfach mal anrufe? So lässt sich vielleicht herausfinden, in welcher Gemütslage er sich befindet.«

Oder ob bereits Blut an seinen Händen klebt, fügte sie in Gedanken hinzu.

»Ja, das ist eine gute Idee«, meinte ihr Kollege. »Vielleicht kannst du ihm entlocken, wo er sich befindet.«

Die Kommissarin tippte die Nummer des Studenten in ihr Smartphone. Das Freizeichen ertönte. Immerhin hatte er sein Gerät nicht ausgeschaltet. Aber wenn jetzt nur die Mailbox ansprang, dann …

Plötzlich kam die Verbindung zustande. Im Hintergrund war Meeresrauschen zu hören, außerdem übermütiges Lachen von Kindern. Offenbar befand sich Hofer irgendwo am Strand. Ob Fuchs überhaupt noch lebte? Oder hatte der Student das Recht bereits in die eigene Hand genommen?

»Herr Hofer? Hier spricht Kommissarin Sander von der Polizei Borkum.«

»Ah, Frau Sander. Ich kannte Ihre Rufnummer nicht, deshalb habe ich mich nicht sofort gemeldet.«

»Das macht ja nichts.« Mona lachte nervös, bevor sie fortfuhr: »Wie geht es Ihnen?«

Sie versuchte, den jungen Mann einzuschätzen. Das war nicht gerade einfach. Bei ihrer ersten persönlichen Begegnung war Hofer ihr verzweifelt und am Boden zerstört vorgekommen. Jetzt hingegen war seine Stimme verändert. Die Worte, die er soeben von sich gegeben hatte, hörten sich harmlos an. Trotzdem lief Mona ein kalter Schauer über den Rücken. Hofer klang jetzt wie ein Mann, der zu allem entschlossen ist. Zumindest kam es ihr so vor. Er antwortete auf ihre Frage mit einem schaurigen Gelächter.

»Wie es mir geht, wollen Sie wissen? Oh, ich habe mich schon lange nicht mehr so gut gefühlt. Es ist befriedigend, wenn man Antworten bekommt, nicht wahr?«

Die Kommissarin lauschte konzentriert. Der Student war offenbar immer noch am Strand, jedenfalls hatte sich an der Geräuschkulisse nichts geändert. Ob Fuchs bei ihm war? Es gab nicht so viele Versteckmöglichkeiten auf dem breiten Sandstreifen. Wohin hätte Hofer den Mordverdächtigen bringen können? Wurde Fuchs von ihm gefangen gehalten? Lebte »Harro Schröders« Komplize überhaupt noch?

»Darüber würde ich mich gern mit Ihnen unterhalten, Herr Hofer. Wie wäre es, wenn Sie mit mir einen Kaffee trinken würden?«

Der Österreicher lachte erneut, und auch diesmal klang er nicht amüsiert – eher hysterisch.

»Daraus wird nichts, Frau Sander. Sie sind überhaupt nicht mein Frauentyp, ehrlich gesagt. Ich habe nur Nina geliebt, und sie ist für immer fort. Und dafür wird jemand bezahlen …«

Im Hintergrund war ein schmerzverzerrtes Stöhnen zu hören, das eindeutig nicht aus Hofers Kehle stammte. Mona beschloss, Klartext zu reden: »Wenn Sie Oliver Fuchs etwas antun, machen Sie Ihre Freundin dadurch nicht wieder lebendig. Außerdem ist äußerst fraglich, ob er sie überhaupt umgebracht hat. Wollen Sie das? Wollen Sie einen Unschuldigen töten, weil Ihr Kummer Ihnen das Gehirn vernebelt hat?«

»Mich legen Sie nicht herein.«

Mit diesen Worten beendete der Student das Telefonat. Monas Herz raste, ihr stand der Schweiß auf der Stirn. Immerhin schien Fuchs noch zu leben. Hofer hatte ihn jedenfalls in seiner Gewalt. Und dieser freundliche junge Mann glich momentan eher einer tickenden Zeitbombe.

Enno war nicht untätig geblieben, während sie mit dem mutmaßlichen Geiselnehmer gesprochen hatte. Er fuhr zur Polizeistation zurück. Die beiden sprangen aus dem Wagen und eilten in ihr Büro. Währenddessen berichtete die Kommissarin ihrem Kollegen, was Hofer von sich gegeben hatte.

»Der Junge kann nicht mehr klar denken, das hast du ganz richtig erkannt«, meinte der Oberkommissar. »Du willst sein Handy orten, oder?«

Mona hatte bereits ihren Computer hochgefahren. Sie entgegnete: »Ja, so können wir Zeit sparen. Wenn wir sämtliche Strände absuchen wollen, dann …«

Sie beendete den Satz nicht. Der Oberkommissar konnte sich ohnehin denken, was sie sagen wollte: *Dann kann es für die Geisel schon zu spät sein!*

Die Ermittlerin hatte nun das entsprechende Suchprogramm geöffnet und tippte Hofers Mobilnummer ein. Enno stand hinter ihr und schaute ihr gespannt über die Schulter.

»Was ist denn hier los?«

Diese Frage kam von Oltbeck, der plötzlich auf dem Korridor erschienen war. Die Kommissare hatten in der Hektik die Tür zu ihrem Dienstzimmer offen gelassen.

Ihr Chef gehörte zwar nicht zu den feinfühligsten Menschen, die Mona kannte – doch selbst er spürte die nervöse Unruhe, von der die beiden erfasst wurden. Meist konnten Mona und Enno erst aktiv werden, wenn sich ein Verbrechen bereits ereignet hatte. In diesem Fall war es hingegen möglich, den Tod eines Menschen zu verhindern. Dazu mussten sie Hofer und Fuchs allerdings erst einmal finden.

»Es hat vermutlich eine Geiselnahme gegeben«, begann Enno.

Doch der Vorgesetzte schnitt ihm sofort das Wort ab: »Ach, wirklich, Herr Moll? Und wann wollten Sie mir diese interessante Tatsache mitteilen?«

»In dem Moment, wo wir endlich ungestört arbeiten können«, rief Mona unbeherrscht, wobei sie mit der flachen Hand auf die Tischplatte schlug. Sie fuhr fort: »So ein Mist, der Kerl muss seine SIM-Karte zerstört haben. Oder das Programm spinnt. Oder beides.«

»Sie geben mir gefälligst sofort einen aktuellen Lagebericht!«, forderte der Chef.

Die Kommissarin ging nicht darauf ein. Sie stützte die Ellenbogen auf den Tisch, drückte ihre Fäuste gegen ihre Schläfen und schloss die Augen. So versuchte sie, sich zu konzentrieren und jedes Detail des kurzen Telefonats mit Hofer noch einmal zu rekapitulieren. Sie glaubte, die Brandung erneut zu hören, das Kreischen der Möwen …

»Ich warte, Frau Sander!«

Oltbeck klang noch ungeduldiger als noch wenige Sekunden zuvor. Mona schnippte plötzlich mit den Fingern und sagte: »Der Geiselnehmer und die Geisel waren am Strand, und ich habe im Hintergrund die Megafonstimme einer Rettungsschwimmerin gehört. Sie hat irgendwelche unvorsichtigen Badegäste ermahnt.«

Enno kam ihr sofort zu Hilfe: »Wir müssen herausfinden, an welchen Stränden die DLRG heute weibliche Kräfte eingesetzt hat!«

Er griff zum Telefonhörer. Oltbeck stand immer noch in der offenen Tür. Er schien allmählich zu begreifen, dass die beiden mit voller Kraft den Aufenthaltsort von Hofer und Fuchs herauszufinden versuchten. Immerhin war er momentan still, was Mona als einen Teilerfolg wertete.

Die Deutsche Lebensrettungsgesellschaft – abgekürzt DLRG – war mit zahlreichen ehrenamtlichen Rettungsschwimmern unter anderem für die Sicherheit an den bewachten Badestränden der beliebten Nordseeinsel zuständig. Der Oberkommissar musste nur kurz telefonieren. Er legte wieder auf und sagte: »Heute ist nur eine Frau im DLRG-Einsatz. Sie heißt Maren Lehe und bewacht mit einem Kollegen das Jugendbad.«

»Wir fahren sofort los«, erwiderte Mona. Dann wandte sie sich an Oltbeck: »Wir informieren Sie, sobald es neue Erkenntnisse gibt.«

Der Vorgesetzte war immer noch sprachlos, nickte aber.

»Der Chef wird verstanden haben, dass wir die Geisel am besten auf unsere Art befreien«, meinte Mona, als sie wieder im Auto saßen.

»Nur, falls uns der Erfolg recht gibt«, schränkte ihr Kollege ein. »Wenn wir Fuchs unverletzt retten können, müssen wir uns keine Sorgen machen. Andernfalls rollen unsere Köpfe.«

Diesen Zusammenhang hatte auch die Kommissarin begriffen. Doch sie machte sich in diesem Moment keine Gedanken wegen eines Karriereknicks oder eines Disziplinarverfahrens. Auf der Fahrt Richtung Strand dachte sie lieber weiter über die Situation nach.

»Enno, ich stelle mir vor, dass Hofer Fuchs mit einem Messer oder einem ähnlich gefährlichen Gegenstand bedroht.«

»Ja, genau. Fuchs muss längst kapiert haben, dass Hofer wegen Ninas Tod an ihm Rache nehmen will. Und freiwillig bleibt er gewiss nicht an der Seite seines ›neuen Freundes‹.«

Mona nickte und erklärte: »So ist es. Diese beiden Männer müssen am Strand zwangsläufig auffallen. Erstens tragen sie Straßenkleidung – ich glaube nämlich nicht, dass Hofer Fuchs eine Gelegenheit geboten hat, um eine Badehose anzuziehen. Und zweitens müssen sie ziemlich eng beieinander bleiben, andernfalls könnte sich Fuchs nämlich leicht seinem Kidnapper entziehen und einfach weglaufen.«

»Vorausgesetzt, Hofer hat wirklich ein Messer und keine Schusswaffe«, schränkte Enno ein. Sie konnten das Thema jetzt nicht weiter vertiefen, denn inzwischen waren die beiden auf dem Parkplatz beim Café Sturmeck angelangt. Sie stiegen aus, überquerten die Promenade und eilten auf einem hölzernen Loopdeelenweg zwischen den Dünen bis zu dem breiten Sandstrand hinunter.

Auf dem Abschnitt, der Jugendbad genannt wurde, gab es keine Strandkörbe und auch keine Strandzelte. Stattdessen luden ein Beachvolleyball- und ein Beachsoccerplatz zu sportlicher Aktivität ein. Wer einfach nur faulenzen wollte, legte sich auf sein mitgebrachtes Strandtuch oder suchte hinter einem Windfang Schutz. Die Ermittler stapften durch den warmen Sand auf die DLRG-Station zu, wo Maren Lehe und ihr Kollege ihre wachsamen Blicke über die Brandung und die Badenden schweifen ließen. Mona kannte die junge Rettungsschwimmerin und war mit ihr per Du.

Maren Lehe sagte: »Moin, was kann ich für euch tun? Ihr seid doch bestimmt nicht zu eurem Vergnügen hier.«

»Leider nicht«, erwiderte die Kommissarin. »Wir suchen nach zwei Männern.«

Sie beschrieb Hofer und Fuchs so genau wie möglich. Die Rettungsschwimmerin lächelte.

»Ja, die Turteltauben habe ich gesehen. Ein süßes Pärchen, die konnten die Hände gar nicht voneinander lassen. Sie spazierten hier am Strand auf und ab, wobei sie eng umschlungen waren.«

Kein Wunder, dachte die Ermittlerin. Vermutlich hatte Hofer die ganze Zeit über seine Messerspitze gegen Fuchs' Körper gedrückt.

»Maren, wohin sind sie gegangen? Wir müssen unbedingt Kontakt mit ihnen aufnehmen.«

Die Rettungsschwimmerin zeigte in Richtung Café Sturmeck.

»Sie sind in die Richtung gegangen, aus der ihr gekommen seid.«

»Wie lange ist das her?«

»Vielleicht zwanzig Minuten oder eine Viertelstunde, Mona. Ich habe nicht so genau auf die Uhr geschaut. Für uns ist ja vor allem wichtig, was sich im Wasser ereignet.«

»Alles klar, wir müssen weiter. – Danke für die Info, Maren.«

Mit diesen Worten wandte sich die Kommissarin ab. Sie und ihr Kollege schlugen wieder den Weg ein, der direkt zum Parkplatz führte – von dem aus aber auch links und rechts Pfade in die Dünenlandschaft abzweigten.

Enno dachte laut nach: »Ich frage mich, aus welchem Grund Hofer überhaupt mit dem Entführten zum Strand gegangen ist. Dort sind viele andere Menschen, gelegentlich patrouillieren dort auch unsere uniformierten Kollegen. Er hätte damit rechnen müssen, dass jemand Fuchs zu Hilfe kommt.«

Mona schüttelte den Kopf und entgegnete: »Ich glaube nicht, dass der junge Mann so planvoll vorgeht. Hinzu kommt, dass er sich auf Borkum nicht auskennt. Jedenfalls hat er bei dem Gespräch auf der Wache nichts dergleichen verlauten lassen. Er sucht momentan vielleicht einfach nur eine einsame Stelle, wo er Fuchs in Ruhe ausquetschen kann. Denn wenn er jetzt daran zweifelt, dass er den Täter schon in seiner Gewalt hat, wird er den Namen des wahren Schuldigen erfahren wollen.«

»Abseits der Wege gibt es zwischen den Dünen genügend Plätze, wo man ungestört ist«, stellte Enno trocken fest und fügte hinzu: »Wir müssen das Gebiet systematisch durchkämmen. Und dafür brauchen wir Unterstützung.«

Er griff zum Funkgerät, gab Oltbeck ihre aktuelle Position durch und forderte Kollegen an.

»Frau Sander und ich arbeiten uns an der Aussichtsdüne vorbei Richtung Knappschafts-Kurklinik vor. Die Norddünen müssten von anderen Einsatzkräften übernommen werden.«

Mit diesen Worten beendete er den Funkkontakt. Die beiden begannen mit der Suche im Naturschutzgebiet. Eigentlich durfte die Landschaft außerhalb der gekennzeichneten Pfade ohnehin nicht betreten werden. Es gab allerdings immer wieder Touristen, die sich nicht an die deutlich angebrachten Warnhinweise hielten. Und wer sich bereits der Entführung schuldig gemacht hatte und die Tötung eines mutmaßlichen Mörders plante, würde vor so einer Ordnungswidrigkeit erst recht nicht zurückschrecken. Das war zumindest Monas Meinung. Sie und ihr Kollege schwiegen nun und lauschten konzentriert. Die Kommissarin hatte ihren Blick auf den Boden links und rechts des Pfades gerichtet. Sie und Enno waren ungefähr zehn Minuten unterwegs, als sie stark niedergetretenes Strandgras links vom Weg bemerkte. Ein Stück weit entfernt ragte eine stark bewachsene Düne auf, dahinter würde gewiss eine Senke sein. Mona wollte herausfinden, was es dort zu sehen gab. Sie gestikulierte, und ihr Kollege signalisierte mit einem Nicken, dass er verstanden hatte. Die Kommissare zogen ihre Pistolen. Sie stiegen bis zum Dünenkamm hoch. Die Ermittlerin hatte sich nicht getäuscht. Natürlich gab es auf der anderen Seite unterhalb des steil abfallenden Hangs eine breite Sandmulde. Darin lag Fuchs. Er lebte, das war die gute Nachricht. Trotz der Entfernung war deutlich zu erkennen, dass seine Augenlider flatterten.

Die schlechte Nachricht bestand darin, dass Hofer bei ihm war. Der Student kauerte neben seinem Opfer auf dem Boden und drückte eine Messerspitze seitlich gegen die Kehle des zitternden bleichen Mannes.

Kapitel 16

Hofer befand sich in einem seelischen Ausnahmezustand, darüber machte Mona sich keine Illusionen. Eine falsche Bewegung oder ein unbedachtes Wort konnten ein Blutbad verursachen, und das durfte nicht geschehen. Die Kriminalisten mussten diese Geiselnahme schnellstens beenden, ohne Fuchs dabei zu gefährden. Diese Aufgabe kam der Ermittlerin fast unlösbar vor, und doch mussten sie und ihr Kollege sich dieser Herausforderung stellen. Mona hätte jetzt gern ein Spezialteam bei sich gehabt, das für solche Gefahrenlagen ausgebildet war. Aber eine solche Einheit gab es auf der Insel nicht. Außerdem lief ihnen die Zeit davon. Ein Blick in das Gesicht des Kidnappers bewies ihr, dass dieser junge Mann jederzeit vollkommen durchdrehen konnte.

Nun hatte Hofer die beiden bemerkt.

»Runter mit den Pistolen!«, rief er, wobei seine Stimme beinahe kippte. »Oder Fuchs stirbt jetzt sofort!«

Ein gezielter Schuss war ohnehin nicht möglich. Die Gefahr, dabei versehentlich den Täter zu verfehlen oder gar seine Geisel zu töten, war viel zu groß. Außerdem wollte Mona die Situation möglichst gewaltfrei oder gewaltarm entschärfen, und ihrem Kollegen ging es gewiss ebenso. Angesichts Ennos beeindruckender Statur verging den meisten Ganoven meist sehr schnell die Lust auf eine körperliche Auseinandersetzung. Doch momentan war der Oberkommissar viel zu weit entfernt von dem Täter, um seine Bärenkräfte einsetzen zu können. Ganz abgesehen davon, dass Hofer ein Messer hatte. Im Gegensatz zu ihrem hünenhaften Kollegen wurde die kleine, zierliche Mona von vielen Kriminellen unterschätzt, was sie oft zu ihrem Vorteil ausnutzen konnte.

»In Ordnung, bleiben Sie bitte ruhig!«, gab sie laut und deutlich zurück, während sie sich bückte und ihre Dienstwaffe ins Dünengras neben sich legte. Dann hob sie die Hände. Ein Seitenblick bewies ihr, dass Enno ihrem Beispiel folgte. Die beiden mussten jetzt alles tun, um eine Kurzschlussreaktion des Geiselnehmers zu verhindern.

»Hauen Sie ab!«, befahl Hofer. »Ich brauche Sie nicht!«

»Das ist nicht wahr, und das wissen Sie«, entgegnete die Kommissarin. Sie sprach ruhig und betont, obwohl ihr Herz raste und eine beachtliche Menge Adrenalin durch ihren Körper jagte. Sie fuhr fort: »Fuchs ist nicht Ninas Mörder, oder? Wenn das so wäre, hätten Sie ihn doch schon getötet. Habe ich recht?«

Mona war unschlüssig, ob Fuchs die junge Frau wirklich nicht auf dem Gewissen hatte. Darauf kam es in dieser Situation aber gar nicht an. Jetzt war nur wichtig, Hofer in ein Gespräch zu verwickeln und ihn davon abzuhalten, einen tödlichen Fehler zu begehen.

»Sie … Fuchs hat behauptet, dass Harro Schröder Nina umgebracht hat. Stimmt das?«

Während Hofer diese Frage stellte, trat Mona einen Schritt vor. Dagegen hatte er etwas.

»Kommen Sie bloß nicht näher!«, drohte er.

»Ich möchte nicht so schreien müssen, Herr Hofer. Dadurch könnten Passanten aufmerksam werden, die zur Aussichtsdüne wollen. Sie können kein Aufsehen gebrauchen. Sie wollen doch mit Harro Schröder abrechnen, oder?«

Abgesehen davon, dass dies sowieso nur ein Deckname ist, fügte die Kommissarin in Gedanken hinzu. Fuchs war trotz seiner aussichtslosen Lage offenbar überzeugend genug gewesen, das Interesse des Entführers von sich selbst abzulenken. Vielleicht hatte er nur Harro Schröder die Schuld in die Schuhe geschoben, um Zeit zu gewinnen.

Hofer antwortete nicht sofort. Die Ermittlerin hätte zu gern gewusst, was in diesem Moment in seinem Kopf vor sich ging. Mona hoffte sehr, dass der Täter sich ihr überlegen fühlen würde. Denn dadurch erhöhten sich ihre Chancen enorm. Einen Augenblick später öffnete er den Mund und sagte: »Also gut, dann kommen Sie zu uns. – Aber Ihr Kollege bleibt, wo er ist!«

Sie drehte den Kopf in Ennos Richtung. Er stand immer noch auf dem Dünenkamm, die Hände auf Schulterhöhe gehoben und die Pistole zu seinen Füßen. Monas Einschätzung war richtig gewesen – Hofer betrachtete den wuchtigen Ostfriesen als die größere Gefahr und wollte ihn daher auf Distanz halten.

Langsam, um keine Panikreaktionen hervorzurufen, stieg die Kommissarin von der Düne hinunter. Sie stapfte durch den weichen Sand der Mulde auf die beiden Männer zu, bis von Hofer eine neue Anweisung kam: »Das reicht. Knien Sie sich hin, Frau Sander!«

Sie gehorchte. Nun war sie schätzungsweise eine Mannslänge von Täter und Opfer entfernt – nahe genug, um Fuchs' Angstschweiß zu riechen. Der Entführte schien hundertprozentig überzeugt davon zu sein, dass sein Kidnapper es ernst meinte. Mona hätte ihm nicht widersprechen können.

»Darf ich die Hände herunternehmen?«, fragte sie, wobei sie einen möglichst harmlosen Eindruck zu erwecken versuchte. Hofer kontrollierte nun das Geschehen. Er hatte soeben gelernt, dass die Polizei aktuell nach seiner Pfeife tanzte, und diese Erfahrung ließ ihn etwas nachlässig werden.

»Ja, meinetwegen. – Sie werden mir helfen, meine Rache zu vollenden. Wenn Sie das nicht tun, dann haben Sie Fuchs auf dem Gewissen!«

Das wird mit Sicherheit nicht geschehen, dachte Mona. Sie fragte: »Was erwarten Sie von mir?«

»Befindet sich dieser Harro Schröder aktuell auf Borkum?« So lautete Hofers Gegenfrage.

»Das weiß ich nicht, aber ich kann es schnell herausfinden.«

»Sehr gut, Frau Sander. Gehen Sie zu ihm und schaffen Sie ihn unter einem Vorwand hierher. Sobald ich Ninas Mörder in meiner Gewalt habe, lasse ich Fuchs gehen.«

Ob der Täter sich darüber im Klaren war, dass sie als Polizeibeamtin sich niemals auf eine solche Abmachung einlassen durfte? Die Kommissarin wusste es nicht. Sie bemerkte aber, dass Hofer seine Messerspitze während des Gesprächs mit ihr einige Zentimeter von Fuchs' Hals entfernt hatte. Wahrscheinlich geschah das unabsichtlich, aber sie konnte sich die Gelegenheit nicht entgehen lassen. Außerdem stand der Wind nun günstig.

Mona schnellte aus ihrer knienden Position hoch, während sie gleichzeitig eine Handvoll Sand in Hofers Gesicht warf.

»Zur Seite, Fuchs!«, schrie sie gellend. Im nächsten Moment hatte sie den Täter gepackt, wobei sie sich hauptsächlich auf seine Messerhand konzentrierte. Sie umklammerte das Gelenk so fest, wie es nur ging, und drückte nach außen. Hofer war vermutlich stärker als sie, doch ihr Überraschungsangriff sowie der Sand in seinen Augen hatten ihn aus dem Konzept gebracht. Trotzdem war seine Gegenwehr massiv. Fuchs war inzwischen aus der Gefahrenzone entkommen, wie Mona mit einem schnellen Seitenblick feststellte. Gerade, als sie glaubte, den Arm des Täters nicht länger halten zu können, griff Enno ein. Es gelang ihm, Hofer das Messer zu entwinden. Nun war es keine unlösbare Aufgabe mehr, ihm die Handschellen anzulegen.

***

Fuchs hatte offensichtlich einen Schock erlitten. Man musste kein Mediziner sein, um das zu erkennen. Daher funkte Enno den Chef an, um ihm die erlösende Nachricht vom unblutigen Ende des Kidnappings mitzuteilen. Außerdem forderte der Oberkommissar den VW Transporter an, um die beiden Personen zum Krankenhaus zu schaffen. Hofer war zwar nicht schlimm verletzt, doch seine Augen sollten von Fachpersonal gespült werden.

Polizeimeister Claas Lammer wartete bereits mit dem Fahrzeug auf dem Parkplatz beim Café Sturmeck, als die Kriminalisten mit den beiden Männern dorthin kamen. Sowohl Hofer als auch Fuchs hüllten sich momentan in Schweigen, was Mona nur recht war. Sie brauchte jetzt selbst Zeit, um ihre Gedanken zu sortieren.

Dr. Siemers begann im Krankenhaus sofort mit Fuchs' Untersuchung, während eine Krankenschwester Hofers Augen spülte. Natürlich hatte Enno ihn bei der Verhaftung nach weiteren Waffen durchsucht, aber nichts gefunden. Bei dem Messer handelte es sich um ein handelsübliches Gemüsemesser, das der Täter vermutlich in der Küche seiner Frühstückspension gestohlen hatte. Uniformierte Polizisten sollten Hofer nach der Reinigung seiner Augen in eine Arrestzelle auf der Polizeistation bringen.

Die Ermittler saßen wartend auf einer Bank im Flur.

»Das hast du gut gemacht, obwohl es riskant war.«

Dies waren die ersten Worte, die Enno seit der Verhaftung an seine Kollegin richtete.

»Danke, mein Lieber. Es gab keine andere Möglichkeit, oder?«

»Nein. Bis zum Eintreffen eines Geiselbefreiungsteams vom Festland wäre die Sache längst aus dem Ruder gelaufen. – Was denkst du, Mona: Was ist aus Ullrichs geworden? Hat Jonte ihn ebenfalls getötet und die Leiche an einem Ort entsorgt, den wir noch nicht gefunden haben?«

Sie antwortete: »Solange Ullrichs spurlos verschwunden bleibt, kommt mir diese Möglichkeit am wahrscheinlichsten vor. Doch warum hätte Jonte den toten Ullrichs verschwinden lassen sollen, während er die ermordete Nina im Ferienhaus liegen lässt?«

Mona ging noch eine andere Überlegung durch den Kopf, doch diese war zu unausgegoren. Vielleicht handelte es sich nur um ein

Hirngespinst, mit dem sie ihre Zeit verschwendete. Bevor die Ermittlerin weitersprechen konnte, verließ der Mediziner das Behandlungszimmer und kam zu ihnen: »Ich habe dem Patienten ein starkes Beruhigungsmittel verabreicht, er schläft jetzt. Körperlich hat er keinen Schaden genommen, aber die unmittelbare Todesdrohung ist seelisch nicht spurlos an ihm vorübergegangen. Er ist frühestens in ein paar Stunden wieder ansprechbar.«

Enno bat den Arzt um einen Anruf, wenn eine Befragung von Fuchs möglich wäre. Juliane Meews hatte das Bewusstsein bisher noch nicht wiedererlangt. Die Ermittler redeten natürlich auch mit der uniformierten Kollegin, die auf die Reinigungskraft aufpassen sollte. Laut der Polizistin waren noch keine verdächtigen Personen erschienen, die sich nach Frau Meews erkundigt hätten. Mona und Enno verließen das Krankenhaus und kehrten zur Dienststelle zurück. Dort wurden sie von Oltbeck bereits ungeduldig erwartet. Der Chef trommelte mit den Fingerspitzen auf seine Schreibtischplatte, während die beiden ihm Bericht erstatteten. Die Nervosität stand ihm ins Gesicht geschrieben. Als Enno mit seinen Erläuterungen fertig war, entgegnete der Vorgesetzte: »Das ist ja alles gut und schön. Ich bin durchaus zufrieden, weil Sie die Geiselnahme ohne Blutvergießen beenden konnten. Noch schöner wäre es, wenn Sie nach einem Mord und einem mutmaßlichen Mordversuch einen Täter verhaften könnten. Oder ist dieser Fuchs unser Mann?«

»Wir gehen jetzt fest davon aus, dass er in die Ferienhausbetrügereien verwickelt ist«, betonte Mona. Sie fügte hinzu: »Und ich wette, dass er den Namen des Mörders kennt. Durch den fingierten Einbruch hat sich Freerk Jonte jedenfalls höchst verdächtig gemacht.«

Der Chef lachte, aber er klang nicht fröhlich. »Freerk Jonte? Ist das Ihr Ernst, Frau Sander? Ich kenne diesen Mann schon seit vielen Jahren. Er besitzt mehrere Immobilien auf der Insel, wie Ihnen vielleicht auch bekannt sein dürfte. Warum sollte ein seriöser Ferienhausvermieter wie Jonte zusätzlich Geld mit diesen Betrügereien ergaunern wollen? Das ergibt keinen Sinn.«

»Geld kann man immer brauchen, außerdem steckt vielleicht noch mehr dahinter«, sagte Mona.

Und Enno sprang ihr bei: »Ich konnte auch erst nicht glauben, dass Jonte verdächtig sein könnte. Aber er hatte jederzeit Zugang zu seinem eigenen Ferienhaus, und …«

Oltbeck fiel dem Oberkommissar ins Wort: »Das trifft aber auch auf Ullrichs zu, nicht wahr? Tatsache ist: Dieser letzte Mieter ist mitsamt den Schlüsseln verschwunden. Warum suchen Sie nicht lieber intensiver nach diesem Mann, anstatt einen unbescholtenen Borkumer Bürger zu verdächtigen? Wenn sich die jungen Leute als Ehepaar ausgeben, die angebliche Ehefrau Nina Tresser alias Diana Ullrichs tot im Ferienhaus liegt und ihr sogenannter Ehemann Malte Ullrichs wie vom Erdboden verschluckt ist, dann scheint das nach meiner simplen Logik ein klarer Fall zu sein. Oder?«

Simple Logik ist genau der passende Ausdruck, dachte Mona verdrossen. Doch sie hielt sich zurück, weil der Dienststellenleiter mit seinen Ausführungen ihre eigene vage Theorie befeuert hatte – allerdings in eine Richtung, die ihm selbst garantiert nicht gefallen würde.

»Sie haben recht, Herr Oltbeck«, gab die Kommissarin eifrig zurück. »Ich fürchte, dass wir die Spur zu Malte Ullrichs noch nicht intensiv genug verfolgt haben.«

Der Chef wirkte überrascht. Er war es nicht gewohnt, von der jungen Kommissarin keinen Widerspruch zu bekommen. Oft genug schon hatten er und Mona sich lautstark miteinander gestritten, wobei Enno zum Glück die Wogen meist schnell glätten konnte. Es gefiel Oltbeck offenbar, dass die Ermittlerin diesmal scheinbar auf seine Überlegungen einging.

»Es freut mich, dass wir einer Meinung sind, Frau Sander. Dann machen Sie sich bitte an die Arbeit und vergessen Sie diesen albernen Verdacht gegen Freerk Jonte.«

Die Kommissare erhoben sich von den Besucherstühlen und verließen das Chefbüro. Mona sah Enno an, dass er einige Fragen an sie hatte. Doch bevor die beiden miteinander sprechen konnten, rief Grietje aus dem Wachlokal herüber: »Seid ihr endlich fertig? Hier ist jemand, der euch sprechen will!«

Die Kommissare gingen ins Wachlokal. Dort wartete Freerk Jonte auf einer Holzbank sitzend.

Kapitel 17

Die hellen Augen des Ferienhausvermieters wirkten in seinem sonnenverbrannten großflächigen Gesicht winzig, jedenfalls im Vergleich zu seiner Nase und seinem breiten Mund. Mona konzentrierte sich auf seinen Blick. Jonte versuchte, betont unschuldig zu wirken. Er schien kein Wässerchen trüben zu können. Die Kommissarin erkannte, dass sie nun extrem vorsichtig sein musste. Ihre Unbeherrschtheit stellte Monas größtes Handicap da, dieser Tatsache war sie sich nur allzu bewusst. Der Hauptverdächtige war garantiert gekommen, um mehr über den Ermittlungsstand der Polizei zu erfahren. Außerdem wollte er gewiss mit seinem bloßen Erscheinen eine klare Botschaft senden:

Ihr könnt mir überhaupt nichts nachweisen!

Noch nicht, du scheinheiliger Schurke, sagte die Kommissarin in Gedanken zu ihm. Sie nickte ihm einfach zu und grinste dabei, als ob sie nicht alle Tassen im Schrank hätte. Außerdem gab sie Enno mit einem Seitenblick ein Zeichen. Meistens klappte es mit der wortlosen Kommunikation zwischen den beiden sehr gut, und auch diesmal schien der Ostfriese ihre Botschaft verstanden zu haben: *Es ist besser, wenn du das Gespräch führst. Ich könnte zu leicht die Beherrschung verlieren.*

»Moin, Freerk«, sagte der Oberkommissar jovial und machte eine einladende Handbewegung. »Schön, dass du dich auch mal bei uns sehen lässt. – Mona, kochst du uns bitte einen Tee?«

Die Kommissarin nickte. Es war normalerweise überhaupt nicht Ennos Art, sie zur Hilfssekretärin zu degradieren. Doch in diesem Fall steckte hinter seiner Bitte Kalkül, wie sie sofort erkannte. Wenn Mona zu Beginn des Gesprächs nicht anwesend war, würde Jonte sich später hoffentlich nicht darüber wundern, dass sie überhaupt nichts von sich gab.

Jetzt muss ich es nur noch schaffen, wirklich meine große Klappe zu halten, dachte die Ermittlerin selbstironisch, während sie das Wasser für den Tee aufsetzte. Sie hätte zu gern Mäuschen gespielt, um zu erfahren, wie der Hauptverdächtige sein Auftauchen begründete. Wahrscheinlich würde er zunächst fragen, warum man ihn noch nicht über Juliane Meews' vermeintlichen Tod informiert hatte. Mona konnte ihre Ungeduld kaum noch zügeln, während sie den Tee zubereitete und wenig später mit der Kanne, Tassen, Sahne,

Kandis und einigen Keksen auf dem Tablett ihr Arbeitszimmer betrat.

Jonte schien ihr Erscheinen gar nicht richtig wahrzunehmen. Er saß auf Ennos Besucherstuhl und fragte: »Was für ein Motiv hatte denn dieser Entführer?«

»Das wissen wir noch nicht«, behauptete der Oberkommissar. »Vielleicht ist er gar nicht schuldfähig, darüber muss ein nervenärztliches Gutachten entscheiden. Momentan verweigert er die Aussage. Und sein Opfer wurde mit Medikamenten ruhiggestellt. Wir gehen davon aus, dass die beiden Männer sich zuvor nicht gekannt hatten und nur zufällig in der gleichen Pension Gäste waren. Jedenfalls hat dieser Kidnappingfall die gesamte Borkumer Polizei schwer in Atem gehalten. Wir sind bisher noch nicht einmal dazu gekommen, Mittagspause zu machen.«

Wer Enno kannte, wusste, dass ihm gerade das Ausfallenlassen einer Hauptmahlzeit alles andere als leicht fiel. Mona fand, dass ihr Kollege die Sache sehr clever begonnen hatte. Der Großalarm wegen der Entführung war eine hervorragende Ausrede dafür, dass die Ermittler wegen des angeblichen Tods von Juliane Meews Jonte noch nicht hatten informieren können. Und Fuchs würde gewiss keine Gelegenheit für ein Telefonat mit Jonte gehabt haben, während er von Hofer mit einem Messer bedroht wurde.

Der Ferienhausvermieter registrierte nun, dass Mona ihm eine Tasse Tee hingestellt hatte. Er drehte den Kopf halb in ihre Richtung und bedankte sich mit einem Lächeln. Sie hätte einiges darum gegeben, hinter seine Fassade schauen zu können. Ihr wurde erst jetzt so richtig klar, wie wenig sie über diesen Mann wusste. Sicher, Enno hatte ihr einiges erzählt. Und der lautstarke Streit zwischen seiner Ehefrau und ihm war Mona noch in lebhafter Erinnerung. Die Betrügereien liefen schon eine ganze Weile. Vermutlich hatte Jonte sich schon ein schönes Sümmchen zusammengegaunert.

Der Verdächtige nahm einen Schluck von seinem Tee und sagte: »Natürlich, ihr habt auch nur zwei Hände. Aber ich war ganz schön geschockt, als ich zu meinem Ferienhaus in der Blanken Fenne fuhr und die Nachbarn mir sagten, dass Juliane in einem Rettungswagen weggeschafft wurde.«

Enno nickte.

»Ja, sie hat es leider nicht geschafft. Die Ärmste starb, noch bevor das Fahrzeug beim Krankenhaus eintraf. Der Notarzt wollte sie noch reanimieren, aber sie hatte keine Chance.«

Während der Ostfriese sprach, wirkte er so betrübt, als ob die Reinigungskraft wirklich gestorben wäre. Mona hoffte, dass Jonte die Lüge ebenso überzeugend fand wie sie selbst. Hätte sie die Wahrheit nicht gekannt, wäre sie ihrem Kollegen glatt auf den Leim gegangen.

»Gibt es denn schon Hinweise auf den Täter?«, wollte der Ferienhausvermieter betont beiläufig wissen.

Enno schmunzelte und antwortete: »Du weißt, dass ich dir zum Stand unserer Ermittlungen keine Auskunft geben darf. Einige Zeugen wollen einen Mann auf einem Fahrrad in der Nähe des Tatorts gesehen haben. Aber ob die Person überhaupt etwas mit Julianes Tod zu tun hat, steht auf einem ganz anderen Blatt. Unsere Kollegen haben die Nachbarn an der Blanken Fenne befragt, allerdings ohne Ergebnis.«

»Der Einbruch in mein Büro könnte ja schon während der Nacht geschehen sein«, meinte Jonte. »Und dort konnte der Verbrecher auch die Putzpläne für meine Ferienhäuser einsehen. Wenn dieser Mann meiner Reinigungskraft nun gezielt aufgelauert hat?«

Ein leeres Ferienhaus ist ja bekanntlich ein lohnendes Ziel für jeden Einbrecher, dachte Mona spöttisch. Dann senkte sie wieder den Blick auf ihr Notizbuch – so, als ob der Wortwechsel zwischen Enno und Jonte sie nichts angehen würde.

»Ja, dieser Spur werden wir auf jeden Fall nachgehen«, behauptete der Oberkommissar und fügte hinzu: »Vielen Dank für den Hinweis, Freerk.«

»Das ist doch selbstverständlich«, erwiderte der Hauptverdächtige, stand auf und gab Monas Kollegen die Hand. »Ich muss mich jetzt wieder auf die Socken machen. Ich will nicht pietätlos klingen, aber so schnell bekomme ich keinen Ersatz für Juliane. Also müssen Marieke und ich das Haus selbst putzen, bevor mit der Nachmittagsfähre die neuen Gäste eintreffen.«

»Alles klar – wir melden uns, wenn es etwas Neues gibt.«

Mit diesen Worten verabschiedete Enno den Besucher. Jonte winkte Mona noch freundlich zu, dann verschwand er aus dem Dienstzimmer. Die Kommissarin schaute gedankenverloren aus dem

Fenster. Sie machte erst wieder den Mund auf, als sie den Ferienhausbesitzer draußen auf sein Fahrrad steigen und in Richtung Blanke Fenne davonfahren sah.

»War ich überzeugend?«

Diese Frage stellte Monas Kollege, während er sich einige Kekse genehmigte. Sie lächelte ihn an und sagte: »Ja, ich hätte die Lüge beinahe selbst geglaubt. – Wir sollten jetzt dringend essen gehen, danach habe ich nämlich noch etwas vor. Dafür brauche ich deine Unterstützung, du kommst mir momentan ziemlich unterzuckert vor.«

Die Aussicht auf eine warme Mahlzeit schien Enno sofort zu beflügeln. Er stand auf und griff schnell nach seiner Jacke.

»Wie wäre es zur Abwechslung mal mit dem *Nordseegrill*?«, regte er an.

Die Kommissarin war einverstanden. Die beiden meldeten sich ab und gingen das kurze Stück zur Bismarckstraße hinüber, wo sich das beliebte Imbisslokal befand. Enno bestellte sich einen Hamburger mit Pommes frites, seine Kollegin wollte eine belgische Waffel. Während sie auf ihre Gerichte warteten, tranken sie alkoholfreies Weizenbier an einem der Tische im Außenbereich. Von dort aus hatten sie einen Panoramablick auf die vorbei flanierenden Touristen. Mona nahm einen großen Schluck und sagte: »Ich frage mich, was unser Hauptverdächtiger als Nächstes plant.«

»An seiner Stelle würde ich die Füße stillhalten«, meinte Enno. »Jonte hat keinen Grund, nervös zu werden – jedenfalls dann nicht, wenn er unser Täuschungsmanöver geschluckt hat. Außerdem kann Jonte sich wahrscheinlich nicht vorstellen, dass ich ihm einen Mord zutraue, obwohl er ein unbeschriebenes Blatt ist und wir einander schon unser ganzes Leben lang kennen.«

»Muss er nicht befürchten, dass Fuchs ihn ans Messer liefert, mein Lieber?«

»Die Gefahr besteht, allerdings nur theoretisch. Denn wenn Fuchs mehr weiß, als er uns bisher verraten hat, würde er dadurch automatisch seine Mittäterschaft bei den Ferienhausbetrügereien eingestehen.«

Die Kommissarin erinnerte: »Wir wissen, dass Fuchs' Fingerabdrücke nicht auf der Mordwaffe sind. Also muss entweder Jonte oder Ullrichs die Tat begangen haben. Falls …«

Sie unterbrach sich selbst, denn nun waren ihre Gerichte fertig. Bevor Enno sich hungrig über seinen Burger hermachte, hakte er nach: »Was wolltest du eben sagen?«

»Ach, das war nicht so wichtig. Es wird sich hoffentlich alles klären, wenn wir uns noch einmal den ursprünglichen Tatort anschauen.«

Der Oberkommissar gab sich mit dieser Erklärung zufrieden, und die beiden ließen sich nun ihr Essen schmecken. Es war schon später Nachmittag, und die ersten Urlauber kehrten nach vielen Stunden am Strand in ihre Quartiere zurück. Es roch nach Sonnenöl und frittiertem Fisch. Mona genoss für den Moment einfach nur die entspannte Ferienatmosphäre, obwohl ihr eigener Arbeitstag vermutlich noch lange nicht vorbei war.

Enno wischte sich den Mund mit einer Papierserviette ab und fragte: »Du willst also noch einmal in die Norderreihe? Was hoffst du dort zu finden? Denkst du, dass die Spurensicherung nicht gründlich genug war?«

»Nein, an den Spezialisten zweifele ich nicht. Aber ich habe mich vielleicht beim ersten Mal nicht genau genug umgeschaut«, erwiderte sie.

»Ich merke schon, du willst gern die Geheimnisvolle spielen. Nun, dann lasse ich mich doch mal überraschen«, gab ihr Kollege lächelnd zurück. Die beiden überquerten die Gleise der Inselbahn und betraten wenig später das immer noch polizeilich versiegelte Haus in der Norderreihe. Enno hatte nach wie vor einen Schlüssel, da die Untersuchungen noch nicht vollständig abgeschlossen waren. Mona begann mit ihren Nachforschungen im Schlafzimmer. Sie öffnete den Kleiderschrank. Ja, die Kriminaltechniker hatten nicht geschlampt. Die Kollegen hielten nach Blut- und Geweberesten Ausschau, sie suchten nach Dokumenten, nach Schmutzspuren, nach allen möglichen Hinweisen auf den Täter.

Die Ermittlerin nahm einige Herrenhemden aus dem Schrank, die ordentlich auf Kleiderbügel gehängt waren. Sie roch daran.

»Was hoffst du zu finden?«, fragte Enno direkt. Sie blieb ihm die Antwort zunächst schuldig. Schweigend untersuchte sie die Sockenschublade und betastete im Bad die Zahnbürste sowie einige weitere Hygieneartikel. Genau wie ihr Kollege hatte sie sofort Latexhandschuhe übergestreift, als sie das Ferienhaus betrat. Dann drehte sie sich zu dem Ostfriesen um.

»Entschuldige, mein Lieber. Ich wollte deine Frage nicht abwürgen. Aber – welchen Beweis gibt es eigentlich dafür, dass hier überhaupt ein Mann zusammen mit Nina Tresser gewohnt hat?«

»Du meinst – Jonte hat den angeblichen Ehemann des Opfers erfunden?«

»Ja, um einen perfekten Mordverdächtigen zu erschaffen«, gab Mona zurück.

Kapitel 18

Enno stieß einen anerkennenden Pfiff aus, bevor er weiterredete: »Ich verstehe, worauf du hinauswillst. Die Herrenkleidung weist vermutlich keine Gebrauchsspuren auf, und mit der einen Zahnbürste hat sich nie jemand die Zähne geputzt. Aber hätte das der Spurensicherung nicht auffallen müssen?«

»Noch liegt der Abschlussbericht gar nicht bei uns vor, wie du weißt. Es kann auch andere Gründe dafür geben, dass Jonte die Existenz eines männlichen Ferienhausmieters vortäuschen wollte. Er hat uns diesen Malte Ullrichs ja sehr schön beschrieben. Jetzt weiß ich wenigstens, warum wir den Kerl nicht finden können!«

Zur Bekräftigung ihrer Worte schlug sie mit der flachen Hand gegen den Badezimmerschrank.

»Wir sollten dringend Jontes Fingerabdrücke nehmen und sie mit den Prints auf der Tatwaffe vergleichen«, sagte der Oberkommissar und fügte hinzu: »Wobei ich mich frage, aus welchem Grund er die Tatwaffe neben der Leiche liegen ließ, nachdem er zuvor so akribisch eine falsche Spur gelegt hat.«

Mona hob die Schultern. »Er könnte gestört worden sein – oder die Bluttat war gar nicht beabsichtigt. Der Kerzenständer gehört ja offenbar zur Einrichtung. Jonte schlug vielleicht spontan zu. Vergiss nicht, dass Nina eigentlich nur auf Borkum war, um die Ferienhausbetrügereien aufzudecken. Sie hat dieses Haus bei Jonte gemietet, vielleicht ursprünglich für sich allein. Angenommen, Nina hat Beweise für seine Machenschaften gefunden – und er fand es heraus. Daraufhin wollte Jonte sie für immer zum Schweigen bringen.«

Enno schüttelte den Kopf und sagte: »Einverstanden, aber dieses Verteilen von Herrenkleidung im Haus passt nicht zu einer spontanen Mordtat. Jonte wird die Textilien nicht gekauft haben, nachdem er die Frau erschlug.«

Mona schlug vor: »Oder Nina hat die Klamotten selbst mitgebracht, aus was für Gründen auch immer. – Sind wir uns denn jetzt darüber einig, dass Malte Ullrichs gar nicht existiert?«

»Ja, wir …«

Der Oberkommissar konnte den Satz nicht beenden, denn nun bekam seine Kollegin einen Anruf.

»Gut, wir kommen gleich«, sagte sie und beendete das Telefonat. Dann wandte sie sich an den Ostfriesen: »Juliane Meews ist aufgewacht, wir dürfen kurz mit ihr sprechen!«

***

Die Kommissare holten ihren Dienstwagen von der nahe gelegenen Polizeiwache und fuhren zum Stadtkrankenhaus. Im Auto herrschte gespannte Ruhe. Mona fragte sich, ob das Opfer sich noch an Details des Überfalls erinnern konnte. Sie war sicher, dass ihr Kollege ebenfalls darüber nachdachte. Als die beiden bei der Klinik eintrafen, wurden sie bereits von Dr. Siemers erwartet.

»Bitte beschränken Sie Ihren Besuch auf wenige Minuten«, sagte der junge Mediziner. »Frau Meews ist noch sehr schwach und braucht viel Ruhe. Zum Glück liegt kein Schädelbasisbruch vor, bleibende Schäden sind nicht zu befürchten.«

Die Ermittler versprachen, sich kurzzufassen. Wenig später betraten sie das Krankenzimmer. Die Reinigungskraft war sehr bleich. Ihr war ein dicker Kopfverband angelegt worden. Sie lächelte scheu, als sie die Polizisten erkannte.

»Ich will Anzeige erstatten«, sagte sie leise und mit brüchiger Stimme. »Er darf nicht damit durchkommen.«

Die Kommissare nahmen auf Besucherstühlen links und rechts von dem Patientenbett Platz. Dann hakte Enno nach: »Von wem sprichst du?«

Juliane Meews atmete tief durch, bevor sie antwortete. »Freerk Jonte. Er wollte mich totschlagen.«

Monas Pulsschlag beschleunigte sich noch weiter. Das war die Aussage, auf die sie gewartet hatte. Sie fragte: »Kannst du dich noch an das Tatgeschehen erinnern?«

»Ja, natürlich. Ich fuhr zur Blanken Fenne, um in dem Ferienhaus dort zu putzen. Plötzlich hörte ich einen anderen Radfahrer hinter mir. Er beschleunigte, wollte mich wohl überholen. Ich warf einen Blick über die Schulter, erkannte Freerk. Er sah wütend aus. Bevor ich ihn fragen konnte, was los sei, schlug er zu. Er hatte so ein Metallrohr in der Hand. Plötzlich gingen bei mir die Lichter aus. Und als ich wieder aufwachte, lag ich in diesem Bett.«

»Wir lassen dich gleich in Ruhe, Juliane«, versicherte der Oberkommissar. »Wir müssen nur noch erfahren, ob du dir einen Grund für dieses Verbrechen vorstellen kannst.«

Es dauerte einen Moment, bevor die Reinigungskraft antwortete. Dann sagte sie: »Ja, eigentlich schon. Am Abend vor Freerks Angriff wollte ich wegen meiner Stundenzettel zu ihm. Marieke war nicht da. Ich hörte ihn in seinem Büro telefonieren. Er sprach laut. Freerk sagte: ›Ich bin doch kein Mörder, aber es ging nicht anders!‹ Mir wurde angst und bange, weil seine Stimme verändert klang. Er hörte sich so düster und furchteinflößend an.«

»Aber du bist sicher, dass es Jonte war?«

»Ja, Enno. Wir kennen uns doch schon so viele Jahre lang. Dann meinte er noch, dass er die Tote leider nicht verschwinden lassen konnte. Trotzdem würde die Polizei ihn niemals verdächtigen. Ich hatte genug mitbekommen. Ich schlich davon, aber dabei muss ich auf ein knarrendes Dielenbrett getreten sein. Vielleicht hat Freerk auch durch das Fenster gesehen, wie ich auf dem Rad davonfuhr.«

»Du hättest gleich zu uns kommen sollen«, meinte der Oberkommissar.

»Ich weiß, das war ein großer Fehler. Aber so richtig konnte ich mir nicht vorstellen, dass Freerk einen Menschen auf dem Gewissen haben sollte. Das hätte ich ihm niemals zugetraut. Also wollte ich mir einreden, dass ich mich verhört hätte. Vielleicht sprach er ja über einen Fernsehkrimi? Ich stürzte mich erst mal in die Arbeit und machte mich zu dem Ferienhaus in der Blanken Fenne auf.«

Während Juliane Meews sprach, wurde ihre Stimme leiser, die Worte klangen verwaschen. Enno stand auf und legte eine Hand auf ihren Unterarm. »Du hast uns sehr geholfen, jetzt solltest du dich ausruhen. Wir kommen zurück, wenn du dich besser fühlst.«

Auch Mona wünschte gute Besserung. Als die Kommissare das Krankenzimmer verließen, fielen die Augen der Zeugin zu. Bevor sie auf dem Flur miteinander reden konnten, wurden sie erneut von dem Arzt angesprochen: »Herr Fuchs hat sich wieder einigermaßen beruhigt, körperlich fehlt ihm ja nichts. Aus meiner Sicht kann er entlassen werden.«

»Dann chauffieren wir den Herrn doch gleich mal zur Polizeistation«, meinte Mona. Bevor sie das Krankenhaus verließen, mahnte sie die wacheschiebende Polizistin zu besonderer Vorsicht.

Es war immerhin möglich, dass Jonte die List durchschaut hatte und ein weiteres Mal gegen Juliane Meews vorgehen würde.

Fuchs wirkte etwas benommen, als sie ihn wenig später in Empfang nahmen und im Auto zur Dienststelle schafften.

»Ich sollte mich wohl bei Ihnen bedanken«, murmelte er. »Ohne Ihr Eingreifen hätte dieser Irre mir glatt die Kehle durchgeschnitten.«

»Wenn Sie uns wirklich Ihre Anerkennung zeigen wollen, dann kommen Sie jetzt mit der Wahrheit um die Ecke«, gab die Kommissarin trocken zurück. Darauf erwiderte der Verdächtige nichts. Mona hoffte, dass seine überstandene Entführung ein heilsamer Schock für ihn war und er den Mörder nicht länger decken würde. Denn für sie gab es keinen Zweifel: Das Telefonat, von dem die Reinigungskraft gesprochen hatte, musste sich zwischen Fuchs und Jonte abgespielt haben.

Auf der Polizeiwache brachten die Ermittler den Verdächtigen in den Verhörraum. Enno belehrte ihn über seine Rechte und endete mit den Worten: »Sie müssen sich nicht selbst belasten und können einen Rechtsbeistand hinzuziehen.«

»Ich brauche keinen Anwalt, Herr Moll. Ich werde Ihnen sagen, was sich wirklich abgespielt hat.«

»Wir sind ganz Ohr«, sagte Mona. »Es geht immer noch um den Mord an Nina Tresser. Wie standen Sie wirklich zu ihr?«

Fuchs senkte den Kopf. »Ich war nicht in die Frau verliebt, das war gelogen. In Wirklichkeit fürchtete ich mich vor ihr.«

»Aus welchem Grund?«

»Wegen dieses Ferienhausbetrugs. Ich hatte Angst, dass Nina mich auffliegen lassen würde.«

»Das müssen Sie uns schon näher erklären«, forderte der Oberkommissar.

Fuchs seufzte und sagte: »Es ist eigentlich ganz einfach. Es begann damit, dass ich Freerk Jonte kennenlernte.«

»Wo und wann war das?«

»Es ist jetzt ungefähr ein Jahr her, Frau Sander. Jonte und ich begegneten einander im Spielcasino von Zandvoort. Wir verloren beide, an der Bar kamen wir ins Gespräch. Er hatte bei einem Gewinnspiel ein Wochenende für zwei Personen in einem dortigen Luxushotel gewonnen. Seine Frau war also dabei, hatte aber starke Halsschmerzen bekommen und musste das Bett hüten. Immerhin erlaubte sie ihm gnädigerweise, sein Taschengeld beim Roulette zu verspielen. Er stand ganz schön unter dem Pantoffel, das kriegte ich schnell heraus.«

»Deswegen wird man aber noch lange nicht kriminell«, gab Mona zu bedenken.

Fuchs sagte: »Nein, das nicht. Jonte war unzufrieden, und wir beide haben zu tief ins Glas geschaut. Er berichtete von seinen Ferienhäusern – und ich meinte, dass man diese Kühe noch viel besser melken könnte. Mit meinen Computerkenntnissen wäre es kein Problem, ein Haus gleich drei oder vier Mal zu vermieten – natürlich unter einem falschen Namen.«

»Also stammte der ursprüngliche Betrugsplan von Ihnen?«, vergewisserte Enno sich.

»Wir trugen beide unseren Teil dazu bei. Jonte lieferte mir Fotos und Beschreibungen, ich schaltete Kleinanzeigen, richtete ein Konto ein …«

Mona fiel ihm ins Wort: »Wie funktionierte das?«

»Mit Identitätsdiebstahl«, erwiderte Fuchs. »Sie können im Darknet Daten von realen Menschen kaufen und auf diese Weise Konten eröffnen. Sobald das Geld dort eingegangen ist, habe ich es weiter überwiesen, bis die Spur nicht mehr verfolgt werden konnte.«

»Und wer ist nun Harro Schröder?«

Der Betrüger grinste und antwortete: »Jonte und ich sind beide Harro Schröder, Herr Moll.«

»Ich verstehe nicht, wozu Sie Jonte überhaupt gebraucht haben«, meinte die Kommissarin und fuhr fort: »Die Computerkenntnisse kamen doch von Ihnen, richtig? Und Fotos von Ferienhäusern hätten Sie sich auch im Internet zusammenklauen können.«

»Ja, so wie die Schmalspurganoven es machen«, erwiderte Fuchs verächtlich. »Unsere Kleinanzeigen sind besser als die der ›Konkurrenz‹. Und warum? Weil sie seriöser und echter wirken. Da werden die Interessenten nicht so schnell misstrauisch. Jonte ist gut vernetzt, er hat sich unter einem Vorwand auch Bilder der Objekte von anderen Vermietern verschafft. Wenn man die Fotos und die Beschreibungen richtig einsetzt, beißen die Kunden an – und der Rubel rollt!«

Fuchs lachte. Wahrscheinlich war er auch noch stolz darauf, Menschen um ihren wohlverdienten Urlaub gebracht zu haben. Mona konnte den Kerl nicht ausstehen. Den Betrug hatte er nun immerhin gestanden, aber sie interessierte vor allem seine Verstrickung in den Mordfall.

»Sie wollten uns noch erzählen, warum Sie sich vor Nina fürchteten«, erinnerte sie den Verdächtigen.

»Ja, das tat ich – obwohl ich es mir nicht anmerken ließ«, behauptete Fuchs. »Sie wissen ja schon, dass wir in dem Callcenter zusammengearbeitet haben. Bei einer Betriebsfeier wollte ich eine andere Kollegin beeindrucken und ließ ein paar Andeutungen über meine Ferienhausmasche fallen. Ich weiß nicht, ob sie mir überhaupt geglaubt hat. Ich war ziemlich blau.«

»Sie sollten die Finger vom Alkohol lassen«, warf Enno ein.

»Das habe ich inzwischen auch begriffen, aber jetzt ist es leider zu spät. Irgendwie muss Nina bei dieser Party meine Worte aufgeschnappt haben. Ich merkte, dass sie in meinen Sachen schnüffelte, wenn ich nicht am Arbeitsplatz war. Nun begann ich meinerseits, mich für sie zu interessieren. Und ich fand heraus, dass sie Kontakt zu Krass Kamel aufgenommen hatte.«

»Das dürfte Ihnen als Computerfreak ja nicht schwergefallen sein«, stellte Mona fest.

»Ja, und ich sah mich selbst schon am Internet-Pranger. Noch konnte sie mir allerdings nichts beweisen. Also rief ich Jonte an und beratschlagte mich mit ihm. Er schlug mir vor, dass wir Nina eine Falle stellen sollten. Dafür mussten wir sie nach Borkum locken.«

»Wie gelang Ihnen das?«

»Frau Sander – ich wusste ja, dass Nina meinen Schreibtisch durchwühlte, wenn ich Feierabend hatte. Also ließ ich ein offizielles Gastgeberverzeichnis der Insel in einer Schublade liegen. Ich kennzeichnete Jontes Ferienhaus in der Norderreihe mit rotem Stift und schrieb die Worte ›nächstes Objekt?!‹ an den Rand. Nun musste sie nur noch anbeißen. Und das tat sie – schon am nächsten Tag buchte Nina telefonisch bei Jonte das Ferienhaus für zwei Wochen. Wahrscheinlich wollte sie undercover schnüffeln, in Wirklichkeit lief sie selbst ins offene Messer.«

»Das verstehe ich nicht«, gab der Oberkommissar zu. »Nina Tresser hat sich dort unter falschem Namen eingemietet, nicht wahr? Woher konnten Sie wissen, dass Diana Ullrichs in Wirklichkeit Ihre Arbeitskollegin Nina Tresser war?«

»Mit dieser Möglichkeit habe ich gerechnet«, antwortete Fuchs lässig. »Ich hatte Jonte gebeten, mir die Telefonnummern von möglichen Interessenten durchzugeben. Bingo! Nina hatte zwar als Diana Ullrichs gebucht, aber ihre eigene Mobilnummer benutzt.«

»Und die kannten Sie natürlich inzwischen«, fauchte Mona, die von der Selbstgefälligkeit des Betrügers zunehmend genervt war. »Und wie kam es dann schlussendlich zu dem Mord?«

»Damit habe ich nichts zu schaffen!«, behauptete Fuchs. »Es war nie geplant, Nina umzubringen. Wir wollten sie nur unter Druck setzen. Warum sie sterben musste – das sollten Sie Jonte fragen!«

»Keine Sorge«, knurrte die Kommissarin, »das werden wir tun!«

Kapitel 19

Es war schon dunkel, als die Ermittler beim Wohnhaus der Jontes eintrafen. Nachdem Enno geklingelt hatte, öffnete der Hausherr persönlich. Der Ferienhausvermieter lächelte, aber in seinem Blick glaubte Mona, Unruhe zu erkennen.

»Moin, was führt euch denn zu so später Stunde noch zu mir?«

»Du musst uns auf die Wache begleiten, wir brauchen noch deine Fingerabdrücke, Freerk«, sagte der Ostfriese ruhig.

»Ja, die müsst ihr wahrscheinlich bei dem Einbruch zum Abgleich ausschließen, oder? Hat das nicht Zeit bis …«

Mona fiel ihm ins Wort: »Fuchs hat alles gestanden.«

Jonte rang hörbar nach Atem. Mehrere Sekunden verstrichen. Als er wieder den Mund öffnete, klang seine Stimme belegt.

»Ich hole nur meine Jacke.«

Der Mordverdächtige trat mehrere Schritte zurück und drehte sich halb in Richtung Flurgarderobe. Die Haustür stand nach wie vor offen. Die Kommissarin ließ ihn nicht aus den Augen. Sie rechnete damit, dass er einen miesen Trick versuchen würde. Immerhin hatte der Ferienhausvermieter die Ermittler ziemlich lange erfolgreich an der Nase herumgeführt.

»Wer ist es denn?« Diesen Satz rief Marieke, die sich irgendwo weiter hinten im Haus befand. Leise TV-Geräusche waren zu hören.

»Ich muss nochmal zur Polizei, wegen der Einbruchgeschichte«, gab Jonte in derselben Lautstärke zurück. Als er seine Jacke angezogen und wenig später die Tür von außen zugezogen hatte, fügte er leise hinzu: »Sie vermisst mich doch sowieso nicht.«

Weder Mona noch Enno reagierten auf diesen Satz. Die kurze Fahrt zur Polizeistation wurde schweigend zurückgelegt. Der Oberkommissar brachte Jonte zunächst zur erkennungsdienstlichen Behandlung. Der uniformierte Kollege sollte den Mordverdächtigen später in den Verhörraum schaffen. Während die Kommissare darauf warteten, dass dies geschah, sprachen sie in ihrem Dienstzimmer miteinander.

»Fuchs hat sein Geständnis schon unterschrieben«, sagte die Kommissarin. »Ich bin mir allerdings nicht sicher, ob er uns schon die ganze Wahrheit gesagt hat.«

»Wegen des Ferienhausbetrugs kann die Staatsanwaltschaft ihn auf jeden Fall anklagen«, erwiderte Enno und fügte hinzu: »Und inwieweit Fuchs an Ninas gewaltsamem Tod eine Mitschuld trägt, wird sich hoffentlich innerhalb der nächsten Stunden erweisen.«

Mona stellte ihrem Kollegen eine direkte Frage: »Hättest du Freerk Jonte einen Mord zugetraut?«

Er schüttelte den Kopf: »Nee, auf keinen Fall. – Du siehst also, Mona: Selbst langjährige Berufserfahrung bewahrt uns nicht vor einem Scheuklappenblick.«

Fuchs war auf freien Fuß gesetzt worden, weil er nicht vorbestraft war und einen festen Wohnsitz hatte. Mona vermutete, dass er die Insel so schnell wie möglich verlassen würde. Sie war froh, wenn sie diesen zwielichtigen Typ nicht mehr sehen musste.

Der semmelblonde Polizeimeister Hauke Knudsen klopfte einige Zeit später an die Tür, trat ein und sagte: »Der Verdächtige ist jetzt im Verhörraum.«

»Danke, Hauke«, gab Enno zurück.

Die beiden Ermittler nahmen ihre Unterlagen und gingen in das fensterlose Zimmer, dessen einzige Einrichtung aus einem Tisch und mehreren Stühlen bestand. Sie nahmen nebeneinander Jonte gegenüber Platz. Der Mordverdächtige hatte unzählige kleine Schweißperlen auf der Stirn, obwohl es um diese Uhrzeit nicht mehr besonders warm war. Auch Sommernächte konnten auf Borkum recht frisch sein. Die Kommissarin vermutete allerdings, dass die Hitze bei Jonte aus seinem Inneren kam.

Enno belehrte ihn über seine Rechte. Einen Anwalt lehnte Jonte ab.

»Ich will jetzt reden«, stellte er klar. »Wenn ihr nichts gegen mich in der Hand hättet, wäre ich wohl nicht hier.«

Gut erkannt, dachte Mona. Sie wollte sich zunächst etwas zurückhalten, da Enno den mutmaßlichen Täter viel besser kannte als sie. Die Kommissarin zweifelte nicht daran, dass ihr Kollege die passenden Fragen stellen würde. Jonte erklärte sich damit einverstanden, dass die Befragung als Audiodokument mitgeschnitten wurde.

Enno packte den Stier sogleich bei den Hörnern: »Unser junger Kollege hat vor ein paar Minuten deine Fingerabdrücke genommen, Freerk. Was wird wohl geschehen, wenn wir sie mit denen auf dem Kerzenleuchter aus Bronze vergleichen? Du weißt, von welchem Gegenstand ich rede, oder?«

»Ja, ich hatte dieses verdammte Ding in der Hand. Und ich habe damit zugeschlagen. Es hat wohl keinen Sinn, wenn ich leugne.

Trotzdem sollt ihr wissen, dass ich die Frau nicht umbringen wollte. In dem Moment war ich einfach besinnungslos vor Wut.«

»Am besten erzählst du der Reihe nach«, schlug der Oberkommissar vor. »Fang doch einfach damit an, wie Nina Tresser auf Borkum eintraf.«

Jonte legte den Kopf in den Nacken und schaute die weiß gestrichene Wand an. Vermutlich suchte er nach den passenden Worten. Er begann: »Oliver Fuchs hatte ja schon herausgefunden, dass Nina Tresser den Decknamen Diana Ullrichs benutzen wollte. Bei mir hatte sie das Ferienhaus auf die Namen Diana und Malte Ullrichs gebucht. Ich rechnete also damit, dass sie mit männlicher Verstärkung hier anrücken würde.«

»Das ist nachvollziehbar.«

»Ja, das geschah aber nicht, Enno! Sie reiste mit jeder Menge Gepäck an. Bei der Schlüsselübergabe behauptete sie, dass ihr Ehemann später nachkommen würde. Das passierte aber nie. Dabei gab sie sich so viel Mühe, den Schein zu wahren. Sie hatte sogar Männerkleider und eine zweite Zahnbürste sowie anderen Kram dabei, den Kerle benutzen.«

Also waren die Herrentextilien gar nicht von Jonte platziert worden? Nina Tresser hatte offenbar geglaubt, unauffälliger undercover recherchieren zu können, wenn sie sich als Teil eines Ehepaares ausgab. Ein anderer Grund für dieses Täuschungsmanöver fiel Mona nicht ein. Bevor sie noch weiter über diesen Punkt nachdenken konnte, ergriff ihr Kollege das Wort.

»Woher wusstet ihr das?«, hakte der Oberkommissar nach.

»Ich habe mich in dem Haus umgesehen, wenn Nina nicht anwesend war. Wozu habe ich einen Schlüssel?«

Mona blätterte in ihrem Notizbuch zurück. Nun brannte ihr eine Frage auf der Seele.

»Herr Jonte, in der Nacht vor dem Tod des Opfers gab es laut Zeugenaussagen eine lautstarke Auseinandersetzung in dem Ferienhaus. Können Sie uns etwas dazu sagen?«

Der Mordverdächtige wirkte überrascht. Offenbar hatte er nicht damit gerechnet, dass die Ermittler dieses Detail herausfinden würden. Nach kurzem Zögern antwortete er: »Ach, diesen Streit meinen Sie. Das war nicht ich, sondern Fuchs.«

»Geht es etwas genauer, bitte?«, gab Mona ungeduldig zurück.

»Wir wollten Nina nicht töten. Es ging nur darum, dass sie uns nicht auffliegen ließ. Also schickte ich Fuchs vor, er war ja immerhin ihr Arbeitskollege. Ich dachte, dass er einen besseren Draht zu ihr hätte als ich. Fuchs sollte ihr eine Gewinnbeteiligung an unserem Geschäft vorschlagen – als Gegenleistung dafür, den Mund zu halten. Doch sie gefiel sich weiterhin in der Rolle des Moralapostels. Nina weigerte sich strikt, mit uns zu kooperieren. Sie stellte Fuchs ein Ultimatum. Sie wollte am nächsten Morgen zur Polizei gehen, wenn wir uns nicht selbst anzeigen. Das behauptete mein Geschäftspartner jedenfalls, als er mich noch in der Nacht aufsuchte.«

»Was hast du daraufhin getan?«

Diese Frage kam wieder von Enno. Jonte erwiderte: »Ich konnte in der Nacht kein Auge zubekommen. Immer wieder ging ich alle Möglichkeiten durch, aber mir fiel nichts ein. Schließlich schlich ich mich in aller Herrgottsfrühe in die Norderreihe, um die Frau persönlich zur Vernunft zu bringen. Als ich die Tür aufschloss, war Nina schon wach und angezogen. Sie machte sich über mich lustig. Anscheinend hatte sie sich auf der Insel schon umgehört. Ihr war bekannt, dass ich meinen Wohlstand nur Mariekes Geld verdankte. Nina war wirklich gut darin, solche Dinge herauszufinden, das muss ich ihr lassen. Sie nannte mich einen Möchtegern-Ganoven und eine Lachnummer. Da sah ich rot. Plötzlich hatte ich den Kerzenleuchter in der Hand und schlug zu. Als ich wieder klar denken konnte, lag sie tot auf dem Boden. Ich ließ den Leuchter fallen, bekam Panik und machte mich davon. Eigentlich wollte ich dieses Ding später holen und verschwinden lassen. Aber als ich wieder daheim war, spannte meine Frau mich für irgendwelche Aufgaben ein, die ich sofort erledigen musste. So kam ich nicht mehr dazu, den Leuchter wegzuwerfen. Aber ich sagte mir, dass das Haus mir gehört. Von daher wäre es nicht erstaunlich, wenn meine Abdrücke auf meinem eigenen Kerzenleuchter zu finden waren.«

Mona hörte sich diese Erklärung mit unbewegter Miene an. Dann fragte sie: »Apropos: Wo ist eigentlich Ninas Notebook abgeblieben?«

»Das hat Fuchs ihr geklaut, als er nach dem nächtlichen Besuch wütend verschwunden ist. Er sagte, dass er es ins Meer geworfen hätte. – Jedenfalls war sie deshalb doppelt und dreifach sauer auf uns und wollte sich nicht davon abbringen lassen, die Polizei zu verständigen.«

Ob Nina ihren späteren Mörder wirklich verhöhnt und dadurch bis zur Weißglut gereizt hatte? Vielleicht erfand Jonte diesen Teil der Geschichte nur, weil er auf mildernde Umstände hoffte?

»Entspricht diese Version der Wahrheit?«, fragte sie betont unschuldig. »Wir sind Ihnen gegenüber nämlich nicht ganz ehrlich gewesen. Juliane Meews hat den feigen Mordanschlag überlebt und befindet sich schon auf dem Weg der Besserung. Sie konnte jedenfalls den Täter eindeutig identifizieren.«

Jontes Augen quollen beinahe aus seinem mächtigen Schädel. »Ihr habt mich verschaukelt!«, warf er den Mordermittlern vor.

»Das war nur ein taktischer Schachzug, um das verletzte Opfer zu schützen«, erklärte Enno kühl. »Trifft es zu, dass du Juliane Meews mit einem stumpfen Gegenstand geschlagen hast?«

»Ja, verdammt. Sie hat zufällig ein Telefonat mitgehört, das ich mit Fuchs führte. Eigentlich hatte ich befürchtet, dass sie sofort zu euch rennt. Aber als morgens immer noch kein Polizeiwagen vor meiner Tür stand, wollte ich mir Gewissheit verschaffen. Vielleicht hatte sie ja gar nichts gehört, aber das konnte ich nicht riskieren. Ich dachte: Wenn sie überhaupt nicht mehr sprechen könnte, wäre ich auf der sicheren Seite. Also lauerte ich ihr auf, als sie ihre Putzstelle an der Blanken Fenne ansteuerte.«

Stille kehrte ein. Dann sagte der Oberkommissar: »Man sollte meinen, dass du mit deinen offiziellen Vermietungen genug Geld verdienst. Konntest du den Hals einfach nicht vollkriegen?«

Jonte schüttelte den Kopf.

»So war es nicht, Enno. Ich hab meinen Anteil an den unrechtmäßigen Vermietungen beiseitegelegt, um irgendwann abzuhauen und ein neues Leben anzufangen. Mit Marieke ist es kaum noch auszuhalten.«

»Andere Leute lassen sich in einer solchen Situation scheiden«, stellte Mona klar. Sie holte den uniformierten Kollegen, damit er Jonte in eine Arrestzelle führte. Sie unterdrückte ein Gähnen. Es war spät, aber eine Sache wollte sie noch erledigen. Oder zwei, besser gesagt.

Die Kommissarin zog den Riegel der benachbarten Zelle zurück und schaltete von außen das Licht ein. Hofer fuhr aus dem Schlaf hoch.

»Sie können gleich weiterpennen«, meinte Mona. »Ich wollte Sie nur darüber informieren, dass der Täter den Mord an Ihrer Freundin gestanden hat. Das ändert nichts an dem Ärger, den Sie sich selbst eingebrockt haben. Aber vielleicht fühlen Sie sich jetzt trotzdem besser.«

»Danke, Frau Sander«, murmelte der Entführer.

Sie nickte ihm zu und schloss die Zellentür.

»Endlich Feierabend«, sagte Enno, der im Verhörraum seine Sachen zusammenpackte. Mona schaute auf die Uhr und zwinkerte ihm zu.

»Ja, aber die Nordsee Kajüte hat um diese Zeit noch auf. Es kommt mir vor, als ob ich Jan schon eine halbe Ewigkeit lang nicht mehr gesehen hätte.«

»Dann grüß deinen Freund von mir«, gab der Ostfriese schmunzelnd zurück. »Ich wünsche euch einen schönen Abend.«

»Den werden wir haben«, versicherte sie.

ENDE

Ostfrieslandkrimi-Empfehlungen des Klarant Verlages

Lernen Sie die Ostfrieslandkrimi-Serie **»Mona Sander und Enno Moll ermitteln«** von **Sina Jorritsma** kennen:

Friesische Inselidylle? Von wegen! Auf der ostfriesischen Insel Borkum lösen Kommissarin Mona Sander und ihr Kollege Enno Moll knifflige Mordfälle. Die emotionale Kommissarin geht bei der Verbrecherjagd gerne ihren eigenen Weg und scheut dabei kein Risiko … Bei der Krimireihe der Autorin Sina Jorritsma ist Hochspannung garantiert!

In der Serie sind bereits folgende Ostfrieslandkrimis erschienen:

»Friesenbraut«, Band 1
Taschenbuch-ISBN: 978-3-95573-557-9
eBook-ISBN: 978-3-95573-556-2

Auf der ostfriesischen Insel Borkum verschwindet eine Braut kurz vor der Eheschließung. Zunächst glauben die Kommissare Mona Sander und Enno Moll noch an einen dummen Streich. Aber wenig später wird das blutverschmierte Brautkleid gefunden. Ist die dunkelhaarige Schönheit einem Gewaltverbrechen zum Opfer gefallen? Die Inselkommissare finden Indizien, die aber nicht zusammenpassen. Hat der undurchsichtige Exfreund der Braut seine Hände im Spiel? Wer war an den geheimen Sex-Spielen im Ferienhaus beteiligt? Und welches Interesse verfolgt der machtbesessene zukünftige Schwiegervater? Dann findet die Polizei eine Leiche – und muss feststellen, dass die Dinge ganz anders sind, als sie auf den ersten Blick scheinen. Die Mörderjagd versetzt nicht nur die friedliche Nordseeinsel in Aufruhr, sondern wird auch zur persönlichen Herausforderung für Mona Sander. Sie wird selbst zur Zielscheibe des Mörders …

»Friesenkreuz«, Band 2
Taschenbuch-ISBN: 978-3-95573-552-4
eBook-ISBN: 978-3-95573-600-2

»Friesenlauf«, Band 3
Taschenbuch-ISBN: 978-3-95573-553-1
eBook-ISBN: 978-3-95573-618-7

»Friesenflirt«, Band 4
Taschenbuch-ISBN: 978-3-95573-542-5
eBook-ISBN: 978-3-95573-541-8

»Friesenwahn«, Band 5
Taschenbuch-ISBN: 978-3-95573-622-4
eBook-ISBN: 978-3-95573-623-1

»Friesenstalker«, Band 6
Taschenbuch-ISBN: 978-3-95573-688-0
eBook-ISBN: 978-3-95573-701-6

»Friesenjuwel«, Band 7
Taschenbuch-ISBN: 978-3-95573-764-1
eBook-ISBN: 978-3-95573-765-8

»Friesenwrack«, Band 8
Taschenbuch-ISBN: 978-3-95573-796-2
eBook-ISBN: 978-3-95573-797-9

»Friesenbarbier«, Band 9
Taschenbuch-ISBN: 978-3-95573-833-4
eBook-ISBN: 978-3-95573-832-7

»Friesenstrand«, Band 10
Taschenbuch-ISBN: 978-3-95573-875-4
eBook-ISBN: 978-3-95573-876-1

»Friesenlist«, Band 11
Taschenbuch-ISBN: 978-3-95573-934-8
eBook-ISBN: 978-3-95573-935-5

»Friesenblues«, Band 12
Taschenbuch-ISBN: 978-3-95573-954-6
eBook-ISBN: 978-3-95573-955-3

»Friesenanker«, Band 13
Taschenbuch-ISBN: 978-3-96586-009-4
eBook-ISBN: 978-3-96586-010-0

»Friesenkoch«, Band 14
Taschenbuch-ISBN: 978-3-96586-105-3
eBook-ISBN: 978-3-96586-106-0

»Friesenwürger«, Band 15
Taschenbuch-ISBN: 978-3-96586-146-6
eBook-ISBN: 978-3-96586-145-9

»Friesentango«, Band 16
Taschenbuch-ISBN: 978-3-96586-164-0
eBook-ISBN: 978-3-96586-172-5

»Friesenbrauer«, Band 17
Taschenbuch-ISBN: 978-3-96586-201-2
eBook-ISBN: 978-3-96586-202-9

»Friesendiebin«, Band 18
Taschenbuch-ISBN: 978-3-96586-276-0
eBook-ISBN: 978-3-96586-277-7

»Friesenpoker«, Band 19
Taschenbuch-ISBN: 978-3-96586-321-7
eBook-ISBN: 978-3-96586-322-4

»Friesenleiche«, Band 20
Taschenbuch-ISBN: 978-3-96586-355-2
eBook-ISBN: 978-3-96586-356-9

»Friesentrick«, Band 21
Taschenbuch-ISBN: 978-3-96586-408-5
eBook-ISBN: 978-3-96586-409-2

Klarant Verlag

Lernen Sie die Ostfrieslandkrimi-Titel des Klarant Verlages kennen und besuchen Sie uns im Internet unter:

www.ostfrieslandkrimi.de

und

www.klarant.de

Sie können dort Näheres über unsere Autoren erfahren, viele weitere interessante Bücher und eBooks finden und Leseproben herunterladen. Mit dem kostenlosen Newsletter auf

www.ostfrieslandkrimi-lesen.de

erhalten Sie aktuelle Informationen rund um das Verlagsprogramm, wie beispielsweise spannende Neuerscheinungen und Gewinnspiele.